BA   E I TIRANNI MINIMI

GEROLAMO ROVETTA

BABY

Quelle venti o trenta persone, che rappresentavano il sancta sanctorum del bel mondo veronese, e al club si appartavano per conversare in un circolo altrettanto intimo quanto ristretto, e che si riunivano al lunedì dalla marchesa d'Arcole, al mercoledì dalla generalessa Brocca di Broglio, e al venerdì da madama Kraupen, erano state scosse nella loro inerte monotonia da una notizia importante: il conte Andrea di Santasillia ritornava a Verona.

Egli vi mancava già da dieci anni: e per le peripezie che ne aveano preceduta la partenza, e per il casato suo, forse il più autenticamente illustre nella pleiade numerosa e problematica dei conti veronesi, quell'inaspettato ritorno non poteva non mettere il campo a rumore. Madama Kraupen, la generalessa Brocca di Broglio e la marchesa d'Arcole meditavano già di rubarselo a vicenda; e ciascuna delle tre voleva sapere il giorno e l'ora precisa del suo arrivo, per essere la prima ad invitarlo a pranzo. I gelosi tremavano e i giovinotti più eleganti cominciavano a mettersi in apprensione, vedendo apparire nell'angusto firmamento un nuovo astro, che avrebbe potuto far impallidire i fulgidi colori delle loro cravatte e minacciare il tranquillo dominio delle loro illecite conquiste.

Ma Andrea di Santasillia era lontano assai dal pensare al subbuglio ch'era succeduto per lui in quel piccolo mondo. Egli ritornava a casa sua come in un ultimo rifugio e sempre in cerca di quella pace, che invano aveva sperato trovare ne' lunghi viaggi in paesi lontani e in una vita austera tutta dedicata allo studio e al lavoro.

Il suo aspetto era freddo e severo; ma il cuore era tuttavia sanguinante per quel primo e grande dolore ch'era stato il triste dramma de' suoi vent'anni.

Rimasto orfano fin da ragazzo, il conte di Santasillia era stato affidato alla tutela d'uno zio Cardinale, arcivescovo in una cittaduzza delle Romagne. Però le tradizioni di famiglia, l'educazione, l'ambiente in cui egli era cresciuto, se pure avevano fatto di lui un gentiluomo ed un galantuomo, non ne avevano certo formato un liberale, tutt'altro! Ma pure, intelligente e buono, egli sapeva stare con tutti, difendendo le proprie convinzioni, ma rispettando anche quelle degli altri. Bigotto, proprio, non era; era credente, e se a messa ci andava per conto suo, qualche migliaio di lire all'obolo le mandava, più che altro, per conto dello zio Cardinale. Non ostante la scomunica, il giorno dello Statuto, e per la festa del re, anche dalla loggia del suo vecchio palazzo sul Corso Cavour si vedeva issata la bandiera tricolore. Insomma, a guardarlo e a studiarlo bene, c'erano in lui quasi due nature, come due semi in uno stesso nocciolo: il conte Andrea di Santasillia che sentiva la seduzione degli studi e della vita moderna, e il pupillo del Cardinale che, a volte, pativa di scrupoli. Per altro, dacchè il giovinotto era libero e viveva lontano dalla Curia, il conte di Santasillia prendeva il sopravvento sull'abatino, come lo chiamavano qualche volta gli amici suoi per amabile celia, e come lo chiamava schernendolo il buon popolo veronese, che lo vedeva di cattivo occhio per via dei quattrini che mandava al Papa.

Sportman appassionato e di coraggio singolare, il Santasillia si trovava timido e impacciato soltanto colle donne. Quando una signora gli parlava, lo fissava in viso, o gli stringeva la mano, arrossiva come una fanciulla. Se gli amici (lo facevano apposta certe volte in sua presenza per burlarsi di lui) si mettevano a raccontare qualche fatterello un po' lesto, egli si sentiva preso da un impeto d'ira che non sapeva frenare.

Una volta questi suoi amici, che si reputavano, in buona fede, altrettanti Don Giovanni, perchè avevano pagato il conto della locanda ad un contralto sfiatato, gli prepararono il brutto scherzo di fargli capitare nel salottino del ristorante, dov'egli era solito cenare dopo teatro, una coppia sbrindellata di quelle infelici sirene di provincia. Ma, per poco, il giochetto non finiva male! In luogo del timido abatino, i giovinastri si trovarono di fronte al conte di Santasillia, che in barba ai precetti di mansuetudine insegnati in seminario, era fermo più che mai a voler cadere, per quella volta, in peccato mortale, accomodando le partite sul terreno.

Presto presto, gli dovettero fare le scuse.

Ma la ritenutezza del Santasillia non era selvaggio abborrimento della donna, come succede in alcuni esseri dallo spirito attutito o depravato. Proveniva, invece, da un senso profondo di rispetto. Nella donna egli venerava la madre, per un culto di affettuose memorie; nella donna egli aspettava la sposa, per un intimo sentimento di amore.

Uggito, quasi offeso dalla volgarità di coloro che lo circondavano, egli, a poco a poco, se ne allontanò, e cominciò a vivere solitario. E, a poco a poco, quella solitudine gli riuscì ancora più gradita, avendo miglior agio per essa di dedicarsi a' nuovi pensieri, a' nuovi disegni. Ormai la poesia forte e gentile della sua giovinezza aveva trovato la cara inspiratrice... Ormai non era più solo quando invocava la benedizione della povera mamma: una testina bionda di fanciulla la aspettava con lui, dentro al suo cuore.

Andrea cominciava ad amare. Quando, come, era ciò avvenuto?

È una storia umile assai.

Una domenica ai Santi Apostoli, mentre la messa era già cominciata, il Santasillia vide entrare nella chiesa, già tutta piena di gente, una giovinetta bionda, aggraziata assai, in una vesticciuola di percallina bianca, a fiori azzurri, e seguita da una donna di età, linda, composta, che pareva essere qualche cosa meno di una istitutrice, qualche cosa più di una cameriera.

La fanciulla s'era fatta in viso di fuoco, vedendo che i devoti, raccolti nel silenzio della preghiera, volgevano il capo verso di lei, disturbati dalla sua venuta in ritardo. Essa, in fretta, voleva trovare un posto ove mettersi, ma i banchi erano tutti occupati. Lo scaccino la vide, fe' cenno alla vecchia e portò due seggiole nel recinto, dinanzi all'altare della Madonna, dove anche Andrea stava ritto, ascoltando la messa. Egli dovette tirarsi un po' indietro per lasciar passare la giovinetta, e nel far ciò, quasi commosso da quell'apparizione, fece un inchino. Essa non rispose al saluto, arrossì di nuovo, si inginocchiò confusa, aprì subito il libricciuolo e vi nascose sopra il viso, come se volesse pregare più raccolta. La vecchia seria seria, e con un'espressione sincera di devozione che le spirava dalla faccia buona, s'inginocchiò pure, accanto alla signorina.

Allora il Santasillia potè osservare la fanciulla a suo bell'agio, e subito ne ammirò la figuretta gentile, flessuosa, e l'elegante semplicità con cui era abbigliata. Egli sentiva diffondersi all'intorno da quella vaga personcina alcunchè di fresco, di primaverile, come una fragranza di giovinezza e di grazia.

E intanto ella continuava a pregare tenendo sempre il capo chino e gli occhi fissi sul libro. Ma, ad un tratto, uno scoppio, uno schianto di tosse diè un urto violento a quel corpicciuolo delicato. Molte persone si voltarono allora verso di lei, che si premeva il fazzoletto sulla bocca per trattenersi di tossire, e il Santasillia notò anche lo sguardo attento e pieno di tenera sollecitudine che la vecchia rivolse in quel punto alla padroncina.

Quando finì la messa, tutti uscirono di chiesa, e Andrea adagio adagio e senza quasi pensarci, seguì da lontano l'abitino bianco dai fiorellini azzurri; ma non ebbe molto cammino da fare, e ciò gli rincrebbe. La fanciulla si fermò dinanzi a una piccola porta, dipinta di verde scuro, d'una casetta tutta nuova, di via Sant'Eufemia; la vecchia tirò la maniglia d'ottone lustro del campanello, la porta si aprì, e la testina bionda e l'abitino bianco dai fiorellini azzurri sparirono a un tratto. Il Santasillia, lì per lì, sentì che gli veniva a mancare qualche cosa, la contrada gli sembrò vuota, ma già per lui non era più una contrada indifferente, come tutte le altre.

D'allora in poi i due giovani s'incontrarono e si videro «tutte le feste al tempio». E si videro appunto perchè, la domenica dopo, anche la fanciulla, che indossava un abitino di percallina bianca a fiori rosa, lo scorse subito, ritto in piedi vicino all'altare della Madonna, e lo guardò. Lo guardò nel sedersi dopo l'Elevazione, e lo guardò un'altra volta prima di sparire dietro la piccola porta.

E il ricambio di quegli sguardi si faceva più frequente ogni domenica. La fanciulla cercava il giovane cogli occhi appena entrava in chiesa, ed era sicura di vederlo sempre là, al solito posto. Lo guardava una volta prima di mettersi a sedere; lo guardava dopo, nell'inginocchiarsi, lo guardava nel volgere le pagine del libriccino; e a mano a mano tutte quelle occhiate si facevano più lunghe e appassionate. Sapeva ella chi fosse il bel giovanotto dei Santi Apostoli? Forse no. Certo, Andrea ignorava il nome della fanciulla, nè si era curato di domandarlo. Il nome l'avrebbe forse mutata? No; dunque non gli premeva di conoscerlo. Egli godeva l'incanto di quella figuretta gentile, di quel volto soave, di quegli occhioni azzurri e profondi, che guardandoli, gli accarezzavano l'anima; e però aveva finito, durante quelle messe troppo brevi, a pregare Iddio colla mente, e ad adorare col cuore la bella fanciulla. Ormai, fra loro due, s'intendevano, e le formalità mondane, che ancora, in apparenza, li tenevano divisi, erano state superate dal loro spirito. Si guardavano, ed era assai più che non si parlassero; si guardavano ed erano felici, perchè dicevano l'uno all'altro che si volevano bene. E insieme amavano tutti e due anche quella chiesa dove si erano incontrati, quella pace solenne, quel tepore molle e insinuante, quella luce tranquilla, quel pio raccoglimento e infine quella bella Madonna dell'altare, ch'era la loro Madonna.

Il giovane innamorato subiva seduzioni dolcissime, tanto più forti quanto più erano intime. La sua poesia un po' romantica, un po' mistica, trovava la sua incarnazione in quel bel viso pallido di fanciulla bionda e delicata, ed egli già si sentiva sicuro ed aveva in lei tutta la fede, come se le avesse parlato, come se ne avesse ricevuto le più solenni promesse.

Fu per caso ch'egli venne a conoscere il nome e la famiglia della giovinetta, e in quell'occasione comprese pure ch'era necessario di risolversi presto, e di palesarle apertamente le proprie aspirazioni.

Una domenica (era già inoltrato l'autunno e la fanciulla non andava più vestita di percallina chiara, ma indossava un abito succinto di panno color monachino), una domenica, verso la fine della messa, ebbe uno scoppio di tosse più forte e insistente del solito.

 Pôra putela, mormorò una donnicciuola inginocchiata sul banco dove anche Andrea si teneva appoggiato, pôra putela, fa proprio mal al cor, a sentirla tossir in quel modo!

Andrea, che si era fatto pallido, non si mosse, non rispose verbo.

 Anche la sò pôra mama, riprese l'altra dopo un poco, l'è morta tisica.

Andrea continuò a tacere, ma guardò la donna attentamente.

 L'era cussì bela anca ela! L'era tutta el ritrato della signorina Adele!

Il giovanotto trasalì: si chiamava Adele!

 L'è morta troppo presto; come tuti i boni. Mi l'ho cognossuda e ghe andava spesso in casa. Allora no gaveva la vista debole e andava a zornada a laorar in bianco. Pôra anima!.... L'era vedova d'un colonel dei bresaglieri, un bel toco d'omo morto in guera soto Vitorio.

 E come si chiamava? domandò Andrea, con un leggero tremito nella voce.

 El colonelo Parabian! E po', salo, sior Contin, seguitò la donnicciuola che non finiva più di chiacchierare, felice di farsi vedere in colloquio con un nobile di quella fata, e po', mi go avudo l'alto onor de cognossar anche la siora Contessa. Che santa dona, che santa dona! E go portà in brasso tante volte anca el sior Contin! Me lo ricordo come fusse adesso! Ma allora gaveva i oci boni e andava a zornada e...

Il Santasillia già da un pezzo non l'ascoltava più. Egli guardava la sua fanciulla e gli era diventata anche più cara. «Orfana, orfana anche lei, poveretta! Ed era ammalata!... Oh ma bisognava ch'egli ne prendesse cura, e subito!.... L'avrebbe portata a San Remo, a Bordighera... Là, fra quel tepore fragrante di aranci e di oliveti, si sarebbe tosto rinfrancata...» Così pensando si fece coraggio, e la guardò più fisso, e la seguì più da vicino quando essa, sempre accompagnata dalla sua vecchia compagna, s'incamminava lentamente verso casa.

Il Santasillia fu tutto quel giorno sopra pensiero, formando vari disegni per poter conoscere ufficialmente l'Adele e per poterle parlare. Egli si trovava un pochino impacciato. Per quanto le anime loro fossero unite dal vincolo segreto della simpatia, pure le formalità, l'uso, i rispetti umani, tentavano di ficcarcisi in mezzo.

A chi doveva rivolgersi?... Al suo tutore?... E da chi, e come doveva farsi presentare?... E così, mille dubbi sorgevano, mille difficoltà, tutte in effetto di lieve o nessuna importanza, ma pure, al primo apparire, inquietanti.

Quel giorno doveva appunto andare a pranzo dalla contessa Giustiniani, sua parente; una buona signora, piena di tatto, che conosceva, che vedeva tutta Verona e che gli era affezionatissima: ebbene, si sarebbe consigliato con lei.

Ah, fiol mio! gli rispose la vecchia signora sprofondata nella sua poltroncina, accanto al caminetto, mentre accarezzava le orecchie a un piccolo levriere, che si teneva accucciato sulle ginocchia. Ah fiol!... Bellezza molta, ma bezzetti pochi in quella casa!... Del resto, riguardo alla puta, non posso dir niente; non la conosco. Ma, gli altri... teste mate; teste mate!... Il padre... un esaltà: ha sempre fatto il rivoluzionario È scappato di casa nel quarantotto; è stato in prigione, poi gli hanno fatto la grazia, ma invece di mettere giudizio, è andato prima a Londra, poi s'è arrolato in Piemonte, e dev'essere morto a San Martino. La madre era di buona famiglia; ma romantica in sommo grado. Ha voluto sposare il Parabiano per forza, e ha girato il mondo con lui. Il figlio poi, l'erede al trono....

La signorina Parabiano ha dunque un fratello? interruppe Andrea, colla voce rauca. Egli si sentiva soffocare dalla flemma della vecchia contessa.

Sicuro: e anca lu, pezo che pezo! Adesso dev'essere per l'appunto a fare del chiasso nelle Romagne, con Garibaldi... buffoni!

In quei giorni il generale Menabrea aveva rovesciato Rattazzi, e Garibaldi, coi volontari, metteva in fuga i papalini.

Insomma, continuava la Giustiniani, pronunciando sempre le parole con una cadenza lenta e spiccata, anche quel toso l'è un desperadon!... Alla larga, fiol! alla larga!

Ma... e il tutore della signorina?

Non so proprio chi sia; ma dovrebbe essere appunto quella buona lana di suo fratello!

Queste informazioni, poco favorevoli ai Parabiano, non ebbero alcuna efficacia sull'animo di Andrea. Sebbene le sue idee politicoreligiose fossero agli antipodi con quelle professate dal giovane Parabiano, pure egli non metteva tutti in un mazzo, come faceva la contessa Giustiniani, i liberali e i birbanti. In ogni modo poi l'Adele avrebbe dovuto essere innocente delle colpe di suo fratello, anche ammesso che questi ne avesse avute. Egli la vedeva pregare con troppo fervore, con troppo raccoglimento, perchè il cuore di lei non fosse pio e buono. Anzi, dopo quel colloquio, il Santasillia cominciò un poco a credere che la vecchia signora non avesse poi tutto quel tatto e quel gran talento che aveva sentito vantare e un po' alla volta diradò le sue visite; già tanto era sempre uggiosa e maldicente.

Però egli ancora non aveva indovinata la strada per mettersi in relazione colla signorina Parabiano. Amici, conoscenti comuni a cui rivolgersi per poter esserle presentato, non ce n'erano punti... E poi, farsi presentare a una ragazza così sola?... Sarebbe stato un agire ammodo?... No, di certo... Il tutore era proprio suo fratello; ma per combinazione, non era a Verona!...

Che cosa fare?... Scriverle dunque?... Sì, non c'era altra via, bisognava scriverle!... E le ripugnanze sorte nell'animo del Santasillia, appena gli era balenata, la prima volta, una simile idea, si dissiparono a poco a poco, vedendo ch'era questo l'unico espediente che gli poteva rimanere.

Ma che cosa scriverle?... Come contenersi?... E in qual modo gli sarebbe riuscito di farle capitare la lettera?...

Com'era gretta e cretina quella vecchia Giustiniani!... Andar a pensare alla dote, al danaro, ai bezzetti!... Ma appunto perchè l'Adele non era ricca ed era ammalata, non bisognava indugiare.

 Sì, sì, me la condurrò in riviera pensava Andrea, e passeremo là tutto l'inverno.

E Sua Eminenza?.... Che cosa avrebbe detto Sua Eminenza, vedendolo imparentarsi con una famiglia di reprobi, di scomunicati?... E a questo punto il conte Andrea ebbe un sorriso fine fine, che sarebbe parso assai volteriano allo zio Cardinale... Ma l'Adele, per altro, non è una reproba lei, la cara creatura. Lo scomunicato, in tutti i casi, doveva essere suo fratello, era lui il garibaldino, il seguace dell'Anticristo!... Anzi lo zio mi dovrà lodare per questo appunto che levo un'anima dall'inferno.

Sì, bisognava risolversi e scriverle presto: non c'era tempo da perdere... Ma invece, quantunque Andrea avesse fretta di molta, trovò necessario aspettare alcun po', prima di mettere ad esecuzione il disegno.

Garibaldi, in quei giorni, sopraffatto dal numero e dai chassepots, era rimasto vinto a Mentana, e un grido di dolore e di indignazione, che le ipocrisie utilitarie della politica tentarono invano di soffocare, s'era levato per tutta Italia.

Comizi, meetings, dimostrazioni popolari, sorsero protestando, e anche a Verona, più di una volta, scoppiò minacciante la collera generosa. Andrea comprese bene che non era quello il momento più opportuno di scrivere all'Adele, la fanciulla dovendo essere inquieta per il fratel suo; ma appena l'Adige e l'Arena, le due gazzette di Verona, annunciarono che Francesco Parabiano, dopo essersi battuto valorosamente, era riuscito a mettersi in salvo, troncò immediatamente gli indugi.

Scrisse alla signorina Parabiano una lettera breve; ma gli costò quasi più fatica di un grosso volume; e il difficile non era per trovare quello che le voleva dire, ma invece per tutto ciò che le doveva tacere. Una volta pensata e scritta la lettera, sorgeva poi un'altra difficoltà; trovare il modo di fargliela avere... Mandarla per la posta?... gli pareva troppo sconveniente... Fargliela consegnare da quella vecchietta tanto ammodo, e che l'accompagnava sempre per istrada e alla messa?... Ma come, dove trovarla?... Non la vedeva altro che la domenica e sempre in compagnia dell'Adele!... E poi, anche se si fosse messo a farle la posta e gli fosse capitato d'incontrarla sola, avrebbe poi avuto il coraggio di fermarla e di darle lì per lì un'incombenza di quella fatta?... No, no, sentiva che non l'avrebbe mai osato.

Pensò, ripensò; e alla fine credette di aver trovato un buon espediente.

La loro Madonna, quella dell'altare dove si mettevano ai Santi Apostoli per ascoltare la messa era la riproduzione d'un quadro notissimo di Raffaello: Lo sposalizio della Vergine. Allora egli cercò un libriccino di preghiere, che avesse appunto quell'immagine sulla prima pagina: lo trovò, vi nascose dentro la lettera, e la mandò col libro all'Adele. Pareva al giovane innamorato che la bella Madonna, la quale aveva veduto nascere e diffondersi l'amore dell'uno all'altro, dovesse esserne la sacra e casta intermediaria, dovesse attestare l'onestà de' suoi propositi, dovesse togliere infine all'ardimento di quell'atto tutto ciò che in sulle prime avrebbe potuto turbare la vereconda ritenutezza della fanciulla.

Ma pure, appena egli ebbe mandato l'uffiziolo avvolto in un foglietto candidissimo, e legato con un nastrino azzurro, volendo così che ci fossero i colori dell'abito col quale avea veduto l'Adele la prima volta, cominciarono ad agitarsi nell'animo suo le inquietudini e i pentimenti.

Aveva osato troppo?... E se l'Adele fosse rimasta offesa da quel brusco modo di procedere?... Se le fosse parso sconveniente?... Perchè non aveva riflettuto meglio prima di commettere una tale pazzia?!... Dio, Dio, che cosa aveva mai fatto? E adesso avrebbe dato un po' del suo sangue per ritornare indietro; ma ormai era troppo tardi.

Che fretta, che furia avea avuto di mandar la lettera proprio quella sera!... E ad ogni minuto che passava, quelle paure, quegli sgomenti si facevano sempre più vivi e angosciosi.

Ecco, diceva fra sè, adesso Pietro... era questo il nome del vecchio servitore al quale il Santasillia aveva affidata la delicata commissione adesso Pietro avrà già passato i Portoni dei Borsari!.... Adesso sarà a Santa Eufemia!... Dio, Dio, ora è il momento! E Andrea arrossì, sebbene fosse chiuso solo solo nella sua camera. Egli vedeva il vecchio dinanzi alla casetta modesta, con in mano l'involto dal nastro azzurro. Lo vedeva là fermo, presso la porta verde; lo vedeva toccare, premere, la borchia lustra d'ottone del campanello, sulla quale tante volte aveva pur veduto posarsi la manina inguantata dell'Adele che, in quel punto, si voltava sempre per guardarlo l'ultima volta, prima di entrare e sparire!...

Dio!... Se l'Adele fosse rimasta offesa, non l'avrebbe più guardato con quegli occhioni buoni; non gli avrebbe più detto con quello sguardo lungo e profondo, che gli volea bene!... Ma non era tutta la sua felicità quella bella promessa, quella bella speranza?!... E perchè dunque avventurarla così alla cieca, senza prima essere ben sicuro del passo che stava per fare?...

E sentì un altro sussulto al cuore, e il più forte, quando si figurò Pietro che stava consegnando l'involtino alla donna di casa... ma poi, appena pensò che l'uffiziolo e la lettera potevano trovarsi tra le mani dell'Adele, tutta la sua agitazione si quetò come per incanto.

Ormai quel ch'è fatto è fatto, pensò e sentì come un sollievo per non essere più in tempo di ritornare indietro: almeno avrebbe avuto fine quell'incertezza angosciosa!

Guardò l'orologio, poi suonò per chiamare il cameriere e gli diede ordine di far salire Pietro da lui, appena questi fosse di ritorno. Ma non ebbe pazienza di aspettare; suonò di nuovo, si fece portare il cappello, il soprabito e scese, lentamente, sperando di incontrarlo per le scale, ma Pietro tardava a farsi vedere. Il Santasillia aspettò qualche momento ancora sul portone del palazzo, accendendo il sigaro, ma tendendo sempre l'occhio lungo il Corso...

Infine vide il vecchio servitore che si avvicinava lentamente, guardando nelle botteghe.

Vecchia tartaruga! mormorò Andrea. È quello il modo di camminare?

Il vecchio, appena ebbe raffigurato il padroncino in lontananza, si rizzò dritto dritto, e affrettò il passo.

E così? gli chiese Andrea movendogli incontro.

È stato consegnato, signor conte.

A chi?

Ad una donna... ad una signora vecchia, ch'è venuta ad aprire.

E... nessun... Non hai avuto nessuna risposta?

No, signor conte.

Va bene...

Andrea si avviò lungo il Corso verso il Portone dei Borsari; il vecchio si rimise in capo il berretto gallonato e continuò la sua strada.

Quel ch'è fatto è fatto mormorò di nuovo il Santasillia, per rassicurarsi; ma il desiderio, l'ansia di conoscere la risposta dell'Adele non gli lasciavano pace... Intanto era presto notte; le sette dovevano essere sonate... Passeggiò ancora un'oretta buona passando e ripassando dal principio di via Sant'Eufemia, ma non aveva mai il coraggio di guardare in fondo alla contrada dov'era quella casetta sempre tutta chiusa, che egli aveva così ben disegnata nella mente, da poterla dipingere a memoria.

E se l'Adele, appena trovata la lettera nel libricciuolo, gliela avesse rimandata a casa, magari senza leggerla?... Andrea si sentì salire il fuoco alla testa, ritornò subito a casa, tremando, nel passar dinanzi al finestrino del portiere, che questi uscisse e gli tenesse dietro per consegnargli l'involto: il portiere non si mosse; Andrea respirò.

Hanno portato nulla per me? gli chiese poco dopo, mentre stava di nuovo per uscire, chè quella sera avea l'argento vivo addosso.

No, signor conte, nulla. È venuta anche la posta, ma non c'era altro che una lettera per l'amministrazione.

L'uffiziolo non era stato respinto!... Andrea era tanto di buon umore, che si fermò un momento a scherzare col bamberottolo del portinaio.

Dio, Dio, che cosa avrebbe mai fatto per trovarsi in un cantuccio della camera dell'Adele e sapere un po'... qualche cosa della sua lettera!

In fine poi le sue profferte, le sue intenzioni erano tanto chiare ed oneste!... Pure... pure ci sarebbe stato il modo per capire s'ella gli voleva bene, ma bene sul serio, e se le accettava quelle profferte!...

Tutte le sere, quand'erano vicine le nove, una finestra di quella certa casetta si rischiarava per alcuni minuti, e un'ombra, ben nota, si disegnava dietro dei vetri... Anche quella sera vi sarebbe apparsa l'ombra della fanciulla?

Andrea, giunto il momento, si fe' coraggio. La pigliò larga per altro; fe' il giro di Santa Anastasia, attraversò Via Rosa, poi venne giù diritto per via Santa Eufemia, mezzo intontito, mentre il cuore gli ritornava a battere fortemente e sentiva che non avrebbe più avuto nulla nè da chiedere nè da desiderare, nè da sperare al mondo, se... se quella piccola finestra fosse stata rischiarata!...

Guardò... guardò... ma era ancora troppo lontano per poterla scorgere; e poi c'era di contro un lampione a gaz, maledetto!, e gli impediva di distinguer bene!

Dio, era tutto buio!... Fa ancora qualche passo... Sì, sì... c'è il lume!... Ma no; quello è il riverbero del gaz!... Sì, sì, era proprio la finestra illuminata!.. e vide l'ombra, l'ombra cara, dietro dei vetri!

 Oh, Adele, Adele, Adele, come ti voglio bene!... Come ti voglio bene!... mormorò Andrea coll'amore e la felicità che gli prorompeano dall'anima. Egli, a un tratto, si sentiva rinascere; si sentiva allegro, allegro: gli sarebbe parso di volare lassù, presso quella finestra!

Il lume e l'ombra rimasero dietro ai vetri alcuni minuti, finchè Andrea, passando strisciò colla mazzettina di ebano sul selciato. Era questo un saluto tacitamente convenuto fra loro, nella misteriosa intelligenza delle anime.

Allora il giovane innamorato si sentì commovere da una beatitudine infinita, da un bisogno prepotente di espandere i propri affetti, la propria gioia; da una tenerezza così viva che gli riempiva gli occhi di lagrime.

 Adele, Adele, Adele, come ti voglio bene!

Continuò a girare attorno ancora per un pezzo, sempre fantasticando colla mente e col cuore, sempre formando tutti i più bei disegni per il loro avvenire...

 Ma... e Sua Eminenza?... Non avrebbe fatta opposizione?... Ebbè, con Sua Eminenza, nella peggiore ipotesi, ne avrebbe fatto un caso di coscienza!... E... e il garibaldino?... Oh, anche il garibaldino si sarebbe accomodato... A buon conto egli rappresentava quello che si dice un buon partito, e... l'Adele gli voleva bene... Poi egli avrebbe rispettato le opinioni del Parabiano, il Parabiano avrebbe rispettate le sue, e avrebbero finito coll'intendersi... Quella vecchia arpìa della Giustiniani lo aveva dipinto come un mangiapreti; ma per altro non aveva proibito all'Adele di andare a messa!

Continuando così a passeggiare a caso, senza nemmeno badare dove lo portavano le gambe, finì a trovarsi, quando proprio cominciava a sentirsi stanco, in Piazza dei Signori; e allora pensò di entrare un momento nel Caffè Dante, prima di tornarsene a casa. Ma in quel punto, nell'attraversare la piazza, aveva notato qua e là piccoli gruppi di persone ferme a discorrere, e questurini che giravano su e giù colle grinte dure dure.

 Che cos'è successo di nuovo? chiese il Santasillia al cameriere ch'era venuto a servirlo.

 El solito bordelamento!... le bufonàde solite, signor conte!

Il cameriere, prima di rispondere così, aveva girato l'occhio attorno alla sala del Caffè, e vedendola deserta, s'era arrischiato a dire quelle parole, credendo cattivarsi l'animo del signor conte sempre generoso nel dar la mancia.

Ma invece il Santasillia non gli aveva manco badato. Egli cominciò a sfogliare l'Illustrazione, il Pasquino, mentre sorbiva il thè; ma co' pensieri era quasi sempre fisso in Via Santa Eufemia e, se si moveva di là, era per correre ancora più lontano, più lontano assai, a Bordighera o a San Remo.

E, in sulle prime, non si accorse nemmeno che due o tre giovanotti, entrati da poco nel Caffè, e sedutisi a un tavolino presso la porta, vicino al suo, avevano cominciato a guardarlo bieco, ad ammiccarselo fra loro ed a ghignare: ma se ne accorse, per altro, dopo qualche momento che durava il giochetto; tuttavia continuò impassibile a sorbire il thè e a sfogliare le gazzette.

Gli altri s'indispettirono per quell'altera sicurezza, ghignarono più forte, e le parole gesuita, abatino, coa, gli giunsero bene all'orecchio, accompagnate da epiteti altrettanto espressivi, quanto poco parlamentari.

Andrea chiamò forte il cameriere; pagò, scambiando qualche parola con lui e sorridendo; si alzò, infilò il soprabito, lo abbottonò bellamente adagio adagio; cominciò a mettere i guanti e poi si avviò per uscire, guardando alla sua volta, fisso, dove sapeva che lo tenevano d'occhio.

Marcia, marcia! borbottò a mezza voce taluno di quei giovinotti, quando Andrea, già mezzo aperta una delle imposte a vetri, stava per uscire. Marcia, marcia, bruto can!

L'hanno con me, lor signori? domandò seccamente il Santasillia, ritornando subito indietro, ed avvicinandosi risoluto presso il tavolino.

Sì, con lei, come l'abbiamo con tutti i caccialepre, rispose alzandosi di botto uno della comitiva.

Andrea alzò la mano, in atto di misurargli uno schiaffo; ma l'altro fu pronto a fermargli il braccio. Tutti si levarono in piedi confusamente, e i camerieri accorsero nella sala.

L'ho come ricevuto, signor conte!

Sta bene: è quello che desideravo.

Fermi voi altri, e state zitti! intimò il giovanotto a' suoi compagni, che volevano pigliare le sue parti. Ormai la partita sarà sbrigata fra me e il signore!

Sono a sua disposizione, sebbene non abbia l'onore di conoscerla.

L'altro, preso dal portafoglio un biglietto di visita, lo presentò al Santasillia dicendogli assai compitamente: Domattina mi farò premura di inviarle due miei amici....

Mi troveranno in casa senz'alcun dubbio! rispose Andrea inchinandosi nel prendere il biglietto, che ripose in una tasca del paletò senza guardarlo.

Prima di uscire dal Caffè, egli si levò il cappello: tutti gli altri risposero al saluto.

Che mati de siori! mormorarono i camerieri ghignando fra loro prima de sbuelarse i se fa i complimenti!

Andrea, in quell'incontro, non aveva avuto proprio nulla del seminarista, ed anzi se Sua Eminenza lo avesse veduto, se ne sarebbe molto scandalizzata.

Una lezione bisognava darla, e la darò in tutte le regole! disse Andrea fra sè come si trovò solo in istrada.

Rifece Via Rosa, ritornò in Via Santa Eufemia e passò ancora una volta sotto alla finestra dell'Adele. Al duello non ci pensò più.

Cheh! Avea ben altri pensieri in quel momento, e più dolci e più cari per potersene ricordare! Invece il duello gli tornò in mente quando fu rientrato in casa, e, appena salito in camera, cercò nelle tasche il biglietto da visita per vedere con chi mai avrebbe dovuto battersi. Avvicinò il biglietto alla lucerna, ne lesse il nome, e subito il suo volto si fece livido, contraffatto: era il nome di Francesco Parabiano.

III

Andrea di Santasillia non era uomo da sbigottirsi facilmente, e per quanto fosse rimasto colpito e addolorato, non tardò a ragionare e a persuadersi che quello strano incontro non avrebbe certo dovuto influire sopra i disegni del suo cuore.

L'insulto era stato grave, ma tuttavia il Parabiano aveva fermato a tempo il suo braccio; lo schiaffo non era stato dato; ci sarebbe stato di mezzo una sciabolata, e il Santasillia era disposto a buscarla per amor dell'Adele.

Maledetta l'idea che gli era balenata di andare al Caffè Dante!... Era tanto felice!... Ma e perciò?... Non lo sarebbe stato ancora egualmente felice?... Alla fine il duello poteva essere una via come un'altra per mettersi in relazione col tutore dell'Adele. L'aveva tanto cercata quella via, e adesso che l'aveva trovata se ne lagnava? Dopo lo scontro si sarebbero stretta la mano, e così sarebbero stati subito buoni amici, per diventare presto cognati... Chi invece lo doveva inquietare parecchio era Sua Eminenza! Chi sa come avrebbe accolta quella notizia; perchè su certi argomenti, lo zio Cardinale non era punto di manica larga.

La Chiesa proibiva il duello, e quella proibizione era savia, era morale: col duello si esponeva la propria vita per attentare a quella degli altri! Sicuro; non c'era anche il proprio onore da difendere...? L'onore?... Il precetto fondamentale della Chiesa non era il perdono delle offese?... Bè, bè... ma allora non bisogna restar nel mondo, bisogna farsi frate, a voler seguire certi precetti! pensò il Santasillia, ch'era già entrato in letto, e cominciava a rivoltarsi un po' inquieto sotto le coperte... E lui, in tal caso, perchè andava a messa, dal momento che ne dovea ridere?... Perchè lui era credente... Credeva?... Dunque era convinto di far peccato?!...

E allora, nel buio silenzioso in cui era avvolto, la coscienza del giovane cattolico gli risollevò dinanzi al pensiero scrupoli e dubbi che la vita mondana aveva assopiti, ma non aveva spenti nell'animo suo.

Perchè gli era mai venuto in mente di entrare in quel Caffè!... Rifiutare il duello ad ogni costo, fare scuse, ecco quali sarebbero stati i precetti della Chiesa!... Ah no, egli si sarebbe piuttosto rassegnato ad andar dritto all'inferno, non c'era verso!...

E se invece di esser punito coll'inferno, egli fosse stato punito, per quella colpa, col perdere l'Adele?... Il giovane trasalì, dubitò, credette, per un momento, che la fanciulla dovesse essere il premio del suo sacrifizio. Dio, Dio: allora l'avrebbe perduta; perduta per sempre! In quella febbre angosciosa fe' per pregare.... ma che?... la sua preghiera non verrebbe ascoltata!... Si rizzò a sedere sul letto, pallido, la fronte in sudore, il petto anelante. L'angoscia di quel momento, la lotta che si agitava in lui, fra la sua fede e l'onor suo di gentiluomo, era terribile....

Ma non vado incontro all'avversario coll'odio nel cuore, pensò vado col desiderio più vivo di fare la pace. Non sono le intenzioni che contano?... Dunque, migliori delle mie, non potrebbero essere certamente! Quietata un po' la coscienza, riuscì a prender sonno. Per altro, dormì male assai; fe' sognacci tutti pieni di assassinî, di ammazzamenti. L'Adele era già maritata; egli dovea battersi col marito di lei, poi con suo padre, poi l'aveva perduta per sempre. Si risvegliò in sussulto, ansante, e il pensiero che gli venne subito del duello, in quel primo momento, lo atterrì, nè ritornò la quiete al suo spirito se non colle prime spere di luce, annunziatrici del nuovo giorno.

I padrini del Parabiano si presentarono alle undici precise. Erano due ufficiali; e Andrea notò subito la delicatezza del suo avversario, che non avea mandato per isfidarlo alcuno di que' suoi compagni che erano la sera innanzi al Caffè Dante.

So bene, egli disse loro, a che cosa devo attribuire l'onore di una simile visita. Poi dichiarò di essere pronto a dare la chiesta soddisfazione, e di avere scritto al conte Renzanico e al marchese Castiglioni (i quali si sarebbero trovati al Club dalle dodici al tocco) affidando ad essi il più ampio mandato per definire lo spiacevole incidente; e fe' intendere bene quella parola spiacevole.

I due ufficiali, senza aggiungere parola, salutarono il Santasillia inchinandosi con fredda cortesia, e si ritirarono stringendogli la mano che egli aveva loro offerta, nell'accompagnarli fino all'anticamera.

Che musi! e come hanno preso sul serio la loro parte! pensò il giovanotto mettendosi a far colazione.

Era un bel giorno limpido di sole e Andrea non voleva più saperne di malinconie.

Porterò il braccio al collo per una settimana pensava; poco male!

Il tocco era sonato da poco, quando il Renzanico e il Castiglioni vennero insieme per riferire ad Andrea le condizioni dello scontro.

I due amici erano seri e impacciati: l'arma scelta era la sciabola; ma avevano dovuto accettare condizioni gravissime. L'insulto era stato pubblico, tutti ne parlavano; era il solo argomento della giornata, e il Parabiano pareva non volersi accontentare di una graffiatura.

Sta bene, rispose Andrea seccamente.

Ed ora, aggiunse il Renzanico, dobbiamo farti una strana ambasciata, per conto, figurati, del tuo avversario!

Andrea guardò i due amici facendo atto di maraviglia.

Egli vorrebbe ottenere un favore, per il quale si raccomanda al tuo cuore e alla tua cortesia.

E quale? chiese Andrea premurosamente.

Che lo scontro abbia luogo oggi stesso; subito. Egli deve avere una sorella un po' malata (Andrea arrossì, poi si fe' pallido), e vorrebbe evitare, continuò il Renzanico, che le chiacchiere, già messe in giro a proposito di questo duello, potessero giungere al suo orecchio, prima che lo scontro avesse avuto luogo. Vorrebbe risparmiarle l'angoscia, l'inquietudine di sapere che suo fratello deve battersi, e non ha torto. Dopo... si sa bene, quel ch'è stato è stato!

Sono subito a disposizione del signor Francesco Parabiano, rispose il Santasillia assai vivamente.

E infatti, prima ancora delle quattro, e presto assai per tutti i preparativi che c'erano stati da fare, i due avversari si trovarono di fronte in una piccola spianata, vicino al forte di Bosco Mantico.

D'ambo le parti si erano prese anche le ultime disposizioni con quella scrupolosa imparzialità, e insieme con quella squisita gentilezza di forme, che provava quanto fossero la stima e il rispetto reciproci. Tutti e due i combattenti si mostravano composti, tranquilli: il loro giuoco era calmo, misurato, di scuola. Meglio che ad un duello, pareva di assistere ad un assalto accademico in una sala di scherma.

Toccato, alt! gridarono a un tratto e insieme i due secondi, che si tenevano vicinissimi e cogli occhi fissi ai duellanti. Questi si fermarono subito, e intanto apparve sull'avambraccio di Andrea una sottile striscia di sangue.

Chiamati tosto i medici, essi dovettero dichiarare sul loro onore che la ferita non era di tale entità da impedire il proseguimento del duello.

Gli avversari furono nuovamente messi di fronte, fu dato di nuovo il segnale dell'attacco, e cominciò un secondo assalto.

Il Santasillia, sempre freddo e compassato, badava a riparare; Francesco Parabiano attaccava con un gioco vivo e serrato, ma si vedeva bene che non c'era odio fra i giovani combattenti, quantunque gareggiassero fra loro in valore e bravura.

L'assalto continuava già da vari minuti, senza che nè l'uno nè l'altro rimanesse toccato. A poco a poco il Parabiano vinto, attratto dall'emozione stessa della lotta, vi si riscaldò: il suo attacco divenne ancora più vivo, più rapido, più minaccioso; il sudore gli colava a grossi goccioloni dalla fronte sulle guance accese. Il petto aveva anelante, e a volte prorompeva in esclamazioni improvvise di sfida per isconcertare l'avversario, il quale continuava a parare, solamente a parare, sempre calmo, sempre impassibile.

A un tratto il Parabiano, sconcertato da così forte sicurezza, mutò gioco e volle tentare un colpo suo di riserva e che fino allora gli era sempre riescito. Si chinò allungandosi con una finta maravigliosa, poi avanzò d'un passo e uscì arditamente in spaccata; ma la sua sciabola non incontrò quella dell'avversario, barcollò scivolando sul terreno umidiccio e precipitò da sè medesimo contro la sciabola di Andrea.

Non il Parabiano, ma fu il Santasillia che gettò un grido terribile: i secondi, i testimoni, i medici accorsero prestamente per sollevare il ferito, già tutto sparso di sangue. Egli si era fatto bianco in viso, ma pure sorrideva; colla voce fioca balbettava ancora qualche parola di scherzo coi medici affaccendati e coi padrini, e quando fu medicato volle stringere la mano al suo avversario che lo guardava muto, colla più cupa disperazione impressa sul volto.

E così? domandarono premurosamente i padrini ad uno dei medici, appena il Parabiano fu adagiato nella vettura che dovea ricondurlo in città.

È un affare grave, molto grave: la punta gli è penetrata assai nell'addome... Staremo a vedere.

Poi il medico scosse la testa e non aggiunse altro. Nessuno più fiatò per tutta la strada.

Ma, la mattina dopo, una lugubre voce correva per le vie, penetrava in tutte le case di Verona. Crocchi di persone si formavano qua e là, dinanzi alle botteghe, ripetendo l'uno all'altro la triste nuova, e chiedendo o riferendo i più minuti particolari intorno all'alterco succeduto al Caffè Dante, al duello che ne era seguito, e a quella grande disgrazia.

Francesco Parabiano era morto nella notte.

IV

Gli amici di Andrea avevano tentato di tenergli nascosta, almeno per qualche tempo, la dolorosa notizia; egli la indovinò subito dai loro volti abbattuti e dalle loro risposte dubbie e contradditorie. Allora la disperazione del giovane non ebbe più ritegno, e fra i gemiti ed i singhiozzi, e imprecando contro tutto ciò in cui egli aveva creduto, confidò al Renzanico ed al Castiglioni le segrete speranze del suo cuore, che quella morte atroce, quel delitto, quell'assassinio suo, venivano a distruggere per sempre.

Che conforto ci poteva essere per un dolore così grande?... Nessuno: il tempo solamente gli avrebbe ridata la pace.

Ma, invece, anche il tempo preparava un nuovo spasimo al suo cuore: il più atroce, il supremo.

Lasciandosi guidare dai suoi amici e dai consigli dello zio Cardinale, egli s'era rifugiato, per quei giorni, in Isvizzera; ma poi, quando seppe che l'Adele (ch'era stata condotta nella villetta di un suo zio in Valpantena) era caduta gravemente ammalata, ritornò subito in Italia e corse a nascondersi, per essere quanto più vicino alla sua fanciulla, in una casuccia di contadini, al di là di Grezzana.

Allora successe in lui uno strano mutamento: dimenticò tutto, anche la morte del Parabiano, per non avere più altro che un pensiero, un'ansia: la guarigione dell'Adele. Scosso, affranto da tante sventure, vi ravvisò la collera di Dio che egli aveva offeso accettando il duello; e si pentì dello spirito di rivolta, che in sulle prime aveva preso l'animo suo, si diede per vinto, ritornò umiliato alla fede e pregò, implorò per quella guarigione con un fervore nuovo, che il disordine della sua mente indebolita spingeva fino ai deliri della superstizione. E quando non girava come un matto attorno alla villetta dei Parabiano, tutta la sua vita trascorreva in preghiere, in devozioni, in pellegrinaggi votivi. Ma ogni giorno le notizie della fanciulla si facevano più cattive, «Ebbene, non ho ancora espiato abbastanza» pensava Andrea, e raddoppiava il suo fervore. Egli, senza domandarlo al alcuno, aveva indovinato quale era la finestra della camera d'Adele, perchè sempre, tutta notte, vi vedeva il lume acceso; e quella finestra rischiarata, che nella lontananza buia e fra le ombre cupe della valle pareva a volte una piccola stella, era proprio la stella avvivatrice della sua speranza. E ogni mattina, rinfrancato dalla luce che avea veduta nella notte, ritornava ansioso a spiare se da qualche indizio poteva capire che l'Adele cominciava ad alzarsi, o se almeno il medico le avesse permesso, in una bella giornata di sole, che le aprissero la finestra.

Ma invece la fanciulla non si alzava mai, e la finestra era sempre chiusa.

Pure una mattina venne ch'egli la vide colle imposte spalancate. Ebbe un lampo di gioia; affrettò il passo, corse quasi fin sotto la casa: poi si arrestò a un tratto, e con lui sembrò si arrestassero anche i battiti del suo cuore.

...Era giorno fatto... e perchè tenevano ancora il lume acceso in quella camera?...

Un contadinello usciva allora in fretta dalla casa; Andrea gli si avvicinò; piangeva!....

La signorina era spirata all'alba, mentre suonava L'Avemaria, stringendo fra le mani rattrappite un piccolo libro di preghiere.

Andrea diè un urlo e si precipitò nella villa, aprendo e sbattendo il cancello di ferro; ma quando fu sull'uscio che metteva alla scala, un uomo, quasi vecchio cogli occhi rossi di pianto, lo fermò, dicendogli pieno di sdegno e di collera:

Che volete voi ancora in questa casa? Che altro male ci volete fare?

Voglio vederla! rispose Andrea con voce rauca.

No! esclamò il vecchio avanzandosi per impedirgli il passo. Siete stato voi che l'avete fatta morire.

Andrea alzò il capo e guardò l'altro stupidamente; poi l'espressione del suo volto si fece terribile, afferrò il vecchio per le braccia, lo scosse e lo gittò barcollante contro la parete, balbettando con voce rotta, soffocata: Lasciatemi passare!.... Voglio passare!...

E passò.

V.

La marchesa d'Arcole, la generalessa Brocca di Broglio e madama Kraupen godevano davvero di una autorità incontrastata nell'olimpo veronese; ma per altro chi vi dettava legge, l'idoletto che tutti adoravano, era la contessina Eleonora di Castelguelfo.

La chiamavano contessina, sebbene da quasi due anni fosse maritata, per la graziosa piccolezza della persona; e gl'intimi suoi, a quel titolo in vezzeggiativo, aggiungevano ancora il nomignolo di Baby, appunto come l'avevano sempre chiamata fino da bambina. Eleonora era un nome troppo sonante e, specialmente, troppo lungo per lei; e la Baby, ch'era stata una bimba carina e capricciosa, s'era fatta una piccola bellezza capricciosa e carina ma restando sempre un baby. Le lacrime, che schiudono la vita della donna, come la rugiada quella dei fiori, non le aveva ancora conosciute. Dal giorno che era nata, tutti avevano sempre fatto a modo suo; e la cosa pareva tanto naturale, che non se ne lagnava nessuno, e la Baby non se ne accorgeva.

Quando s'era maritata, non aveva più che la mamma: e anche questa le morì poco dopo. Allora fu di moda a Verona, che le signore più elette si dessero l'aria di consigliarla, di guidarla, insomma di tenerla di conto, come fosse un po' il Baby di tutte quante. La contessina rideva e le lasciava dire, ma, in fine, erano sempre loro che la seguivano e la obbedivano in ogni capriccio.

Il matrimonio della Castelguelfo (essa aveva sposato un cugino, quasi della sua stessa età) era stato affrettato dalla previdenza della madre sua, che sentendosi malandata assai di salute, voleva vedere la figliuola collocata, prima di chiudere gli occhi. Ma la Baby era ancora un po' giovane per il matrimonio; e un po' giovane e inesperto il marito. Questi, incantato del nuovo e piacevole giocattolo che gli avevano dato, voleva goderselo troppo e però la Baby ne rimase urtata e seccata; i suoi nervi si ribellavano, e il povero marito dovette rassegnarsi, e andare a Vienna per qualche tempo a fare l'addetto a quell'ambasciata.

E come prima avevano fatto le signore, quando era morta la mamma, adesso, partito il marito, cominciarono i campioni giovani e vecchi della galanteria veronese a montar la guardia attorno alla Castelguelfo. E di giorno, e di sera, essa non era mai sola; il suo salottino, il palco, la villa, erano sempre pieni di gente. Tutta gente che le faceva una corte assidua e chiassosa: tutta gente che si era innamorata di lei, perchè l'innamorarsene era di buon genere, e perchè i «nervi che si ribellavano» promettevano il quieto vivere e l'uguaglianza.

E la Baby, scintillante di giovinezza, colta, intelligente e destra assai, governava quel piccolo popolo di somarelli impomatati coll'allegria del riso giocondo che le usciva dalle labbra come un invito e una carezza, e le traspariva insieme dagli occhi vivi, penetranti, come una malizietta piacevole. Essa suscitava, a tempo debito, gelosie miti, dispettucci innocenti, lacrimucce appena tepide, e ciò per un mazzolino di fiori, o per un invito a pranzo, o per i posti che assegnava nella sua carrozza. Ma non aveva mai da temere una rivolta e tanto meno una defezione; i suoi innamorati, che si tenevano d'occhio a vicenda, a vicenda si confortavano; e amavano insieme, soffrivano insieme... e insieme non isperavano punto.

Aveva distribuito gradi e attribuzioni con savia prudenza. I giovanotti le proponevano gite, feste, partite di piacere; ma gli uomini posati, i tondeggianti nella pinguedine senile, dovevano approvarle e combinarle. Gli assidui l'aspettavano al teatro, sul corso, al caffè Vittorio Emanuele; ma erano sempre i più attempati che godevano l'ambito onore di accompagnarla, e in tal modo erano tutti contenti; gli uni nell'orgoglio di apparire pericolosi, gli altri nella piena soddisfazione della loro autorità.

«Accendo, ma non ardo» poteva essere il motto della Baby; e, infatti, anche nell'opinione della gente, essa usciva dalle fiamme che la circondavano candida e intatta come l'amianto. I suoi corteggiatori quando, dopo aver passata la sera da lei, ritornavano al club, erano chiamati scherzosamente gli Svizzeri di casa Castelguelfo, oppure, le guardie del corpo. Ed essi non se ne avevano a male; e se arrossivano un poco era soltanto di piacere; però stavano a crocchio fra loro soli, e se ne andavano uniti, come uniti erano venuti. Pareva vedere una nidiata di pulcini allevati dalla medesima chioccia.

La marchesa d'Arcole, madama Kraupen e la generalessa Brocca di Broglio erano poi le confidenti di quelle innocue passioncelle, e sostenevano le parti degli spasimanti contro le fantasie bizzarre della Baby.

 Come hai trattato male, ieri sera, quel povero Titta! le diceva un giorno la marchesa. È venuto da me che faceva pietà!

 Avrà tossito? domandava la contessina ridendo.

Titta Damonte era un biondino tisicuzzo, che voleva conquistare la Baby toccandole la corda della pietà: i suoi affanni, le sue gelosie, egli li esprimeva tossendo.

 E come tossiva, poveretto! continuava l'altra. Ma tu, alle volte, sembri proprio senza cuore!

 Dio!... ma è un gran seccatore, sai, quel tisico falso! esclamava la Baby, attenuando con un sorriso la durezza delle parole.

 Non dire di queste enormità, carina! e l'amica, intanto, rideva anche lei. Egli ha per te una stima così grande, un'affezione così sincera. E poi è una di quelle persone, che si vedono volentieri vicino alle signore giovani: serio, ammodo e niente affatto compromettente!

 Sì, sì, sì, è un buon amico, un eccellente amico, la perla degli amici, ed io gli voglio bene, bene assai; ma oh Dio, è pesante con tutte le sue gelosie: pesante, pesante, pesante, da non averne idea! Ieri sera, figurati, mi ha tenuto il muso perchè ho invitato Scipio Spinola a colazione!

 E a Titta non gliel'avevi detto?

 A lui no; ma ci vorrebbe altro, se quando lo dico a uno, dovessi dirlo a tutti!... E poi non ha il suo giorno fisso da venire a pranzo?... il mercoledì?... Dunque basta e non mi secchi!... Sapessi quanto ridere ho fatto con Scipio Spinola! Stamattina, pensa, l'aveva con madama Kraupen, e m'ha contato che il suo primo marito era il carnefice di Mosca!... Ma pensa, quant'è buffo!... Il carnefice di Mosca!... E poi, dopo, ha rifatto Andrea quando predica ai selvaggi!

Il conte di Santasillia era cugino dei Castelguelfo; ma la Baby, ancora troppo giovane quand'era partito la prima volta da Verona, quasi non lo ricordava nemmeno. Fu appunto uno de' suoi amici più attempatucci che al ritorno di Andrea si affrettò a darle tutte le informazioni necessarie.

La Contessina, che aveva ascoltato distrattamente il racconto del duello e dell'amore infelice del Santasillia, soltanto verso la fine si fece attentissima, domandando poi, con un risolino furbetto:

 E il voto... lo ha mantenuto?

Dicono di sì! rispose Marco Baldi, un omicciattolo calvo, con pochi capelli bianchi sulla nuca tagliati corti corti, e un paio di baffoni nerissimi, ritinti. Dicono di sì!...

E... da quanto dura?...

Dovrebbero essere... dieci anni!

Ma... e prima?

Prima... lo chiamavano l'abatino!

Ma ci sono certi abatini...

No, no; il Santasillia ha sempre rispettato... i decretali.

Ma dunque? continuava la Baby, insistendo più cogli occhi birichini, che non colle parole.

Dunque sicuro... Si trova ancora... si trova ancora, pardon... allo stato primitivo...

È una rarità!

Poco invidiabile, contessina Baby!... Ah, se potessi averli io, que' dieci anni sprecati!...

Che cosa ne farebbe?...

La Baby prevedeva già la risposta, ma si godeva quando il vecchiotto si dava l'aria da conquistatore...

Che cosa ne farei?... Eh eh! allora non canterebbe vittoria, contessina!

E il galante stagionato presa, così dicendo, nelle sue manacce villose la manina morbida della Baby, la strinse con forza e l'avvicinò alle labbra; ma lì si fermò, senza dare il bacio, sapeva che i baffi lasciavano il nero.

Ah si zeunesse zavait! esclamò allora la Castelguelfo, canzonandolo amabilmente. Marco Baldi pronunciava malissimo il francese, ma pure aveva il ticchio di metterne sempre qualche parola ne' suoi discorsi. E un'altra presunzione sua era quella di essere stato da giovane «un gran diavolo colle donne», e in proposito aveva sempre da insegnare metodi infallibili, e da citare aforismi.

Colle donne bisogna andare a vapore: à la grande vitez! Ci voleva altro che farle piangere come Titta Damonte o farle ridere come Scipio Spinola!... Bisogna stordirle, soggiogarle, maltrattarle!... Io, vedete... e così dicendo soffiava, guardava bieco, e non potendo arricciarsi i baffi, ne toccava leggermente colle dita la punta impeciata; io, le donne, le ho sempre maltrattate!

E fu proprio lui, Marco Baldi, che condusse la prima volta il Santasillia dalla contessa di Castelguelfo.

Andrea e la Baby erano parenti, dunque fra loro non c'era bisogno di presentazioni; ma pure il Santasillia aveva tardato assai a conoscere la Contessa personalmente, e fu proprio per caso che s'incontrarono.

Andrea viveva ritiratissimo; non facea visite, non riceveva amici. Anche i suoi cavalli non uscivano mai da Porta Nuova, dove, alle volte, v'era un po' di gente, ma erano condotti a passeggiare ne' luoghi più deserti.

Egli passava gran parte del giorno e della notte chiuso solo nel suo studio, tutto dedito, con indefessa alacrità, al compimento di un'opera che dovea essere eminentemente umanitaria. Voleva rivolgere la mente dei legislatori e il cuore dei filantropi su tanti popoli diseredati dai benefizi della civiltà, e fra i quali, nei suoi viaggi, egli aveva vissuto intimamente per meglio conoscerne i dolori e i bisogni. Lo spirito di carità non aveva limite in lui, e però sperava arrivare col concorso del suo lavoro e del suo ingegno là dove non poteva giungere col generoso impiego delle proprie ricchezze.

Il libro dunque del Santasillia non era quello del letterato, ma il libro dello statista e del filosofo. Lo zio cardinale era morto, e Andrea non mandava più soldi all'obolo: credente, voleva diffondere la fede, non come seme di discordia e di lotte, ma come apportatrice feconda di ogni bene. Egli sentiva di essere incorso nella collera divina; ricordava sempre di avere ucciso un uomo e voleva espiare, e a questa espiazione consacrava tutto sè stesso, con un entusiasmo caldo, appassionato. Però egli viveva lontano dal mondo, sempre col cuore e colla mente in alto. Il suo mondo era al di là; al di là, dove c'era un uomo dal quale aspettava il perdono, una vergine di cui lo attendeva la fede.

Poeta, e sempre idealmente innamorato, l'ascetismo di Andrea di Santasillia non era cupo e freddo come quello del prete cattolico; ma gli entusiasmi del cuore, l'onda calda del sangue giovane e casto gli facevano vedere quasi tinte di rosa le promesse del premio avvenire, in cui riuniva, con una suprema e alta armonia, l'amore santo di Dio e l'amore umano dell'Adele.

E tutto ciò, il suo tragico passato, le avventure nei suoi viaggi, la splendida filantropia e la vita solitaria tenevano desta e vigilante intorno al Santasillia la curiosità dei Veronesi. Ogni passo ch'egli faceva era spiato, riportato e commentato. Si sapeva quando usciva di casa, quando vi rientrava e quante ore rimaneva chiuso nello studio a lavorare. Avevano scoperto che ogni sera andava a fare una visita al cimitero; che la sua camera da letto avea le finestre verso l'Adige e che il suo camiciaio era parigino. Molti lo riputavano un grande uomo perchè aveva viaggiato; molti altri un illuso o un matto, perchè scriveva libri; altri ancora lo credevano un cretino, perchè andava a messa e mangiava di magro nei giorni di precetto. Ma invece le donne si sentivano attratte verso quel misantropo elegantissimo, dal viso pallido e dagli occhi neri di fuoco, la cui vita passata pareva una leggenda e la vita presente era un mistero. In sulle prime gli avevano notato anche le donne quel difettuccio di andare a messa ogni giorno ai Santi Apostoli; chè, si sa bene, in generale, siano esse devote o peccatrici, ridono sempre degli uomini bigotti. Ma poi vennero a sapere che appunto era stato nella chiesa dei Santi Apostoli dove il conte di Santasillia si era incontrato coll'Adele Parabiano, e allora anche la messa fu trovata una cosa romantica.

Intanto la Brocca di Broglio, la Kraupen, la marchesa d'Arcole che, per quanto avessero cercato, non erano ancora riuscite ad acchiapparlo, parevano diventate matte. Figurarsi: poter avere il Santasillia che non andava in nessun posto! Che trionfo sarebbe stato!... E ognuna delle tre, smaniando di ottenerlo un tale trionfo sulle altre due, stuzzicava la Castelguelfo sperando di adoperarla presso il cugino, come un eccellente richiamo. Ma invece la Baby, che ci si divertiva assai a quell'inutile armeggio delle sue dame della consulta, com'essa le chiamava, non voleva darsi la più piccola pena per accontentarle. E appena si accorse che il Santasillia non le usava nessuna preferenza, e si mostrava ritroso con lei, come colle altre, fe' un risolino sprezzante ogni volta che le capitò di nominarlo, gl'inflisse il titolo di Monsignore e non ci pensò più.

Perchè si trovassero e diventassero amici, bisognò proprio che il diavolo ci mettesse la coda.

VI.

Qualche tempo dopo il ritorno del Santasillia avevano preparato a Verona, nelle sale del palazzo della Gran Guardia Vecchia, una splendida fiera di beneficenza, presieduta e diretta da un comitato di signore. Andrea aveva mandato in dono oggetti artistici e di grandissimo valore; poi, appena le sale furono aperte alla pubblica vendita, egli, senza sapere proprio di che si trattava e pensando solamente che ci sarebbe stata l'occasione di far del bene, ci volle andar subito, avendo cura di prendere con sè una forte somma di danaro. Quando si trovò sotto la loggia e nel salire la grande scala del vecchio palazzo, adornata di fiori e di bandiere, capì che stava per essere preso come un uccelletto al paretaio: guardò se poteva ancora svignarsela e tornare indietro; ma oramai non era più in tempo. Una fanciullina gli era corsa incontro offrendogli una rosa, e un signore, dai modi assai cortesi, e tutto vestito di nero, gli fe' prendere una dozzina di biglietti d'ingresso e lo accompagnò fino alle sale.

Andrea non sapeva che fare. Non aveva dato nulla per la rosa; avea pagato cento lire per i biglietti e sorrideva ringraziando, ma rimproverandosi in cor suo, per il cattivo pensiero che gli era venuto di andare alla fiera. E appena fu dentro, nella prima sala, rimase come sbalordito in mezzo ad un brusìo di gente, che andava e veniva chiacchierando, cinguettando, ridendo, ma pure osservandolo e ammiccandoselo l'un l'altro. Andrea non si sentiva il coraggio d'inoltrarsi; e si guardava attorno in quella baraonda come intontito; quando, ad accrescere la sua confusione, molte signore uscirono dalle bottegucce che, sotto forma di artistiche pagode o di ricchi padiglioncini erano disposte all'ingiro della vastissima sala, e lo circondarono premurosamente, complimentandolo, offrendogli i loro ninnoli, e disputandoselo, per attirarlo ognuna al proprio banco. Erano giubilanti, perchè da quella visita si ripromettevano la soddisfazione di un lauto incasso, ma più ancora perchè tenevano finalmente in loro balìa quel personaggio misterioso. E alle signore si univano i giovanotti, i segretari della fiera, e anch'essi facevano il chiasso e offrivano roba al Santasillia, il quale, col cappello in mano, non faceva altro che salutare e ringraziare a destra e a sinistra e si sentiva sempre più impacciato.

La Castelguelfo era in un salottino a parte, addetta colle sue amiche alla vendita dei fiori, ma appena fu avvertita dalla marchesa d'Arcole dell'arrivo del cugino gli mosse subito incontro, salutandolo con amabile famigliarità, come se già da un pezzo fossero stati amici e offrendosi per accompagnarlo a fare il giro dei banchi. Andrea ringraziò, meglio che a parole, coll'effusione del cuore, e la vezzosa cuginetta gli sembrò inviata dalla Provvidenza.

La Baby lo guardò sorridendo, passò la sua manina bianca sotto il braccio di lui, e lo portò via da quella gente che lo importunava. Lo condusse prima a comperare una statuina di bronzo ch'era stata donata dal re, e fu lei che ne fissò il prezzo; poi a comperare un ricco tappeto, poi un quadro, un orologio, un album e via via, senza più lasciarlo, finchè non ebbe fatto la visita di tutte le sale, seguiti da Marco Baldi che notava, sopra un taccuino, le compere fatte e il prezzo convenuto.

La Contessina si teneva sempre appoggiata al braccio di Andrea, stringendosi a lui più forte quando erano urtati dalla folla; a volte trascinandolo un poco per cercar di passare in mezzo alla gente, e a volte fermandolo all'improvviso, per fargli ammirare una mostra. E Andrea sentiva le scosse e i sussulti, e sorrideva ai vivaci atteggiamenti della vaga donnina, che aveva una parola per tutti, per tutti uno scherzo, sempre a proposito e sempre ammodo. Ma per altro, con que' suoi occhi grandi e miti da bambina buona, con quella grazietta affettuosa, e mentre pareva tutta compresa da una festività composta e temperata, la Baby si godeva pure le sue piccole cattiverie. La marchesa, la generalessa e madama Kraupen capitavano ogni momento, con una scusa o coll'altra, a cercarla, a chiamarla, a parlarle, aspettando sempre che la Baby presentasse loro il Santasillia; ma la Contessina, invece, le lasciava dire, rispondeva tranquillamente ciò che avea da rispondere, sorrideva e continuava il suo giro, fingendo di non accorgersi di quegli artigli: poi, quando se ne andavano indispettite, lanciava un'occhiatina a Marco Baldi, che avea capito il giuoco e ne rideva.

E un altro divertimento volle prenderselo alle spalle di Titta Damonte e di Scipio Spinola. Titta Damonte cominciava a essere geloso di quel gran girare al braccio di Santasillia, e quando la Contessina condusse il cugino presso il banco dove il giovanotto era segretario, questi non la salutò nemmeno, fingendo di non vederla, occupatissimo a discorrere con un'altra signora. E la Baby a ridere, a scherzare con Andrea e con Marco Baldi e ad ordinare, proprio al Damonte, di farle vedere un gran piatto di porcellana, esposto in modo che, per toglierlo dalla mostra, bisognava buttare tutto all'aria. Il Damonte schiattava di rabbia, ma dovette cedere, e quando infine riuscì a levare il piatto e lo presentò, sempre con un palmo di muso, ad Andrea, la Baby non volle più che il Conte lo comperasse, perchè il disegno le sembrava troppo volgare.

Stasera pillole di catrame! mormorò Marco Baldi all'orecchio della Contessina.

Invece Scipio Spinola voleva fare lo spiritoso; ma diventava rosso rosso, sembrava nervoso e non diceva altro che sciocchezze. Insomma tutti e due erano turbati assai per la presenza del Santasillia, e non vedevano l'ora e il minuto che se ne andasse pe' fatti suoi.

Il Damonte a mano a mano si rendeva sempre più intrattabile, brontolava su tutto, e faceva musacce persino alle signore; Scipio Spinola continuava a bere cognac e ripeteva le sentenze che aveva letto nei romanzi, contro le donne. Ma non ostante ciò, appena intesero che Andrea avea abbandonato la fiera, non seppero resistere, e corsero insieme dalla Baby per farle vedere che tenevano il broncio, e cercare un po' di mettere in ridicolo il Monsignore.

Ed ora, conte Andrea, tornerà a nascondersi?... a rintanarsi?... Non la rivedremo proprio più? aveva detto la Castelguelfo al Santasillia, mentre questi prendeva commiato.

Oh no, Contessa... anzi verrò presto... a ringraziarla.

Ricorderà che siamo cugini?

Non l'ho mai dimenticato, Contessa.

Uhm... sarà... Ma finora si direbbe che ci ha pensato soltanto per renderci orgogliosi di lei... il che non è molto, altro che per il nostro amor proprio!

Contessa... e Andrea non trovò più le parole. A questo punto egli cominciava a sentirsi timido anche colla Baby.

Ma sa che cosa faremo? continuò la Contessina, sempre graziosamente; s'ella non verrà presto a trovarci, manderò Marco Baldi a ricordarle la sua promessa.

Andrea ringraziò, assicurando che non ce ne sarebbe stato bisogno; ma appena uscito dal palazzo della Gran Guardia Vecchia si volle persuadere di essersi molto annoiato, e giurò a sè stesso che non avrebbe più messo il piede in una fiera di beneficenza.

«Seccar la gente in quel modo? Essere in quel modo importuni e sfacciati, colla scusa dei poveri e della carità!... Fortuna che si era incontrato colla Castelguelfo, altrimenti si sarebbe trovato davvero in un grande impiccio».

E anche fuori, all'aperto, sentiva sempre l'odore dei capelli della piccola cugina... Che odore, che profumo strano!... A lui la Castelguelfo aveva fatto l'effetto di una bimba!... Rideva, scherzava, proprio come una bimba!... Pure, in quel suo visetto capriccioso c'era della ingenuità e della bontà!... Buona, sì... Buona assai doveva essere!... Era bionda... bionda come l'Adele... E, guarda combinazione! aveva pure un abito bianco e un nastro azzurro fra i capelli!...

Aveva attraversata la Piazza Brà e affrettò il passo. Era già trascorsa l'ora solita della sua visita all'Adele. Vuol dire, pensò, che anderò a pranzo più tardi... In ogni modo non fo aspettare nessuno!... E sospirava, sospirava... Si sentiva così solo al mondo!

Intanto aveva attraversato anche il Ponte delle Navi e scendeva giù nel lung'Adige per avviarsi al cimitero.

Com'era bello l'Adige, e maestoso!... E dire che non lo aveva mai osservato!

Allora, prima di entrare nel Camposanto, volle fare qualche passo lungo il fiume, e senza quasi avvedersene, andò innanzi fino all'altro ponte lontano, quello grande della ferrovia.

Cominciava il tramonto ed era di aprile. L'Adige rigonfio, bigio, passava mugghiando: le rive apparivano scialbe, fra una luce pallida, malinconica come quell'ora trista del giorno; ma in alto verdeggiavano superbe le colline, e il forte di San Pietro splendeva rosseggiante sotto l'azzurro del cielo, irradiato fantasticamente dall'ultimo sprazzo di sole.

Andrea rimase sul ponte a guardare, fermo, immobile per qualche minuto. Poi chinò il capo e discese.

Ma perchè la chiamano Baby? pensava: Eleonora è così un bel nome!

Quando ripassò dal Ponte delle Navi per tornarsene a casa, s'incontrò in una carrozza a due cavalli che saliva al trotto. C'era dentro una signora, dell'altra gente, e tutti avevano in mano mazzi e canestri di fiori. Certo ritornavano dalla fiera. Ma la signora riconobbe il Santasillia e lo salutò chinandosi e voltandosi in atto molto amichevole. Era la Baby con Marco Baldi, Damonte e Scipio Spinola.

Andrea, colto all'improvviso, rispose in fretta al saluto, e subito arrossì, provando un senso di dispetto.

Come mai quel balordo di mio cugino la lascia sempre sola? E scosse il capo con aria di malumore.

Certo, certo... io non ci metterò i piedi in casa Castelguelfo! Con tanta gente che ha sempre d'attorno?... Cheh! Nemmeno per idea!

Ma in quel punto la carrozza colla Baby gli passò dinanzi agli occhi come l'avea raffigurata fra la luce pallida, crepuscolare, e sentì ancora ripercuotere il trotto serrato dei cavalli.

La mattina dopo Andrea prese due biglietti di visita e li mandò alla contessa di Castelguelfo.

In tal modo me ne sono liberato mormorò a bassa voce e non avrò altre seccature!

Continuò la vita di prima, tranquilla e studiosa. Solamente adesso egli sentiva maggiore il desiderio e il bisogno di frequenti e lunghe passeggiate all'aperto, dalle quali ritornava a casa stanco, spossato, colla testa intronata dal sole primaverile. Di sua cugina non ne volea più sapere; ma ci pensava sempre, se non altro per ripetere a sè stesso che non sarebbe mai andato a farle visita. Oibò, oibò; non ho tempo da perdere!

Pure, dopo alcuni giorni, si maravigliò che Marco Baldi non venisse a trovarlo, e ogni volta che Andrea passava dinanzi allo stanzino del portiere, gittava un'occhiata sul tavolo per vedere se ci fosse un biglietto di visita.

Cheh!... ha ben altro per il capo la matterella! Del rimanente, anche se il Baldi si incomodasse a venire, io cercherei sempre una scusa per non riceverlo. Non voglio cominciare adesso a buttarmi nel mondo: io vivo delle mie memorie e per il mio lavoro... E poi ci va troppa gente in quella casa, e tutte persone antipatiche!

Ma il Baldi non si facea vivo; e ogni giorno cresceva il dispetto del Santasillia contro quella stordita che rideva sempre, e che dovea essere leggiera e superficiale.

Sicuro: se fosse stata seria, se fosse stata proprio una donnina d'ingegno, non si sarebbe tenuta in giro tutti quei cretini!

E Marco Baldi continuava a non lasciarsi vedere.

Infine concluse Andrea a me fa proprio un favore a non mandarmi il suo messaggero ritinto; tuttavia posso dire che questa dimenticanza non è certo cortese... Ma già... le donne che ridono sempre, devono valer poco!

E con tali pensieri passò un'altra settimana, poi un bel giorno, mentre era nello studio a scrivere, gli fu annunciata la visita di Marco Baldi.

Andrea si alzò vivamente, interrompendo il lavoro, e diè ordine al cameriere di condurre il Baldi nel salotto.

Ditegli di accomodarsi: vengo subito.

Andrea fu molto cortese coll'inviato della Castelguelfo; gli mostrò il piccolo museo di rarità africane, ch'egli stesso aveva raccolte, e poi, finita la visita, uscirono insieme.

Per voler essere giusto, adesso il Santasillia dovea modificare il primo giudizio: la contessa di Castelguelfo si era diportata in un modo assai gentile. Era lui invece, proprio lui, che avea commesso una sconvenienza molto grave, non lasciandosi più vedere dopo quel giorno della fiera! Ma ormai non c'era verso; una visita gliela doveva. In fine, era sempre sua cugina; e perchè egli non andava più dalla Giustiniani, non era una buona ragione per trascurare e mettersi in urto con tutta la parentela.

Ma, anche questa volta, Andrea si era ingannato nel giudicare la Castelguelfo: in sulle prime essa non ci pensava punto di mandare il Baldi a cercarlo, come gli aveva promesso. Dopo il loro incontro alla fiera di beneficenza, il ritroso cugino non istimolava più tanto la sua maraviglia.

La Baby, avea subito capito che, s'ella avesse voluto, anche Andrea, sebbene chiudesse un dramma nel cuore, avrebbe finito, presto o tardi coll'innamorarsi di lei, come facevano tutti gli altri, e ciò bastava al suo amor proprio. E, forse, sentiva pure che quell'uomo dal viso pallido e dallo spirito ascetico, sarebbe stato a lungo andare, ancora più pesante di Titta Damonte, e però, quasi quasi, per non averci impicci, preferiva meglio tenerselo lontano. D'altra parte la marchesa d'Arcole, la generalessa Brocca di Broglio e madama Kraupen, sempre infervorate col Santasillia, insistevano troppo perchè se lo facesse venire in casa, e la Baby, anche per questa ragione, non aveva punto fretta... C'era sempre tempo, quando avesse voluto!... Il Damonte e Scipio Spinola erano gelosi ugualmente di Andrea, e bastava che ella lo ricordasse qualche volta perchè Titta mettesse il broncio e l'altro diventasse rosso rosso e dicesse subito una scioccheria. Insomma non c'era punto bisogno, per divertirsi, che lo mandasse a chiamare. Essa poi lo aveva invitato una volta per tutte. Bella pretesa che aveva quel grande uomo, quell'uomo fatale, di essere anche supplicato!

Ma poi venne il giorno, in cui tutto quel suo piccolo mondo s'era messo il cuore in pace. Il Santasillia dicevano non avrebbe mai dimenticata la Parabiano... Nemmeno la contessina Baby non gli aveva fatto impressione! E tutti, e più di tutti le «dame della consulta» ripetevano spesso questa affermazione dinanzi alla Castelguelfo, e coll'aria, certe volte, di volerla quasi compiangere, come un fiasco patito; e ciò mentre il Damonte non aveva più tosse; e Scipio Spinola cessava di arrossire.

La Baby lasciò correre quelle dicerie per un pezzo; ma un giorno ne fu seccata; sfavillò negli occhi all'improvviso, poi sorrise tranquillamente e mandò Marco Baldi a portare i suoi saluti al Santasillia.

Andrea fece la prima visita di giorno, come era naturale, ma la sera stessa il Damonte e Scipio Spinola, in segno di protesta, non si lasciarono vedere dalla contessina Baby. Andarono invece in conversazione dall'avvocatessa Zanibon, una bella donnaccia, che ogni sera «teneva società» ma una società mista, come dicevano le signore dell'aristocrazia, le quali la colpivano spesso con frizzi a satire atroci, un po' irritate, perchè, non ostante le loro scomuniche, gli uomini ci andavano e si divertivano assai. Ma per altro il Damonte e Scipio Spinola quella sera non si divertirono appunto. Aveano sperato di poter sfogare il loro malumore e di far dispetto alla Castelguelfo, e invece ebbero motivo di arrabbiarsi ancora di più.

Appena entrarono dalla Zanibon tutti cominciarono a prendersi gioco di loro e metterli in burletta a proposito di quella diserzione. E nemmeno le celie erano di natura tale da lusingare il loro amor proprio.

 A che si dovea attribuire domandavano gli altri quella comparsa inaspettata? La Contessina era andata a letto? Faceva breccia il cugino? Era ritornato il marito e avea congedata la guardia del corpo?

E la Zanibon che rendeva felice, fra gli altri, anche un capitano d'artiglieria, e ne avea appreso il frasario, domandò «se eran stati dispensati dal servizio per insubordinazione».

Il Damonte e Scipio Spinola, che da tutto ciò si capisce come avevano ragione di annoiarsi parecchio in quella casa, se ne andarono prima degli altri, e ancora sulle scale, fermandosi per accendere il sigaro, brontolarono a bassa voce che «la società era proprio impossibile!»

 La Zanibon, non è punto fina osservò il Damonte tristo tristo.

 Credo bene, rispose Scipio Spinola, stizzito e senza ridere: è un pezzo d'artiglieria!

Quella sera i due amici non si mostrarono al club. Temevano che anche là ricominciassero le osservazioni e i motteggi. Invece, per far tardi, continuarono a girare un po' a caso, finchè, senza mai dire una parola, andarono a rincantucciarsi al Caffè Dante. Il Damonte era raffreddato per davvero e sorbì un appio caldo; Scipio Spinola, rosso come un gambero, prese un bicchierino di cognac, brontolando ch'era cattivissimo. Poi tutti e due ritornarono muti, pensosi; Titta Damonte tossendo e sospirando, mentre l'altro assonnacchiato si divertiva a fare il tamburino con le dita, sull'orlo del cabaret. Speravano entrambi che passasse dal Caffè qualcuno dei frequentatori soliti di casa Castelguelfo, per sapere almeno che cosa avea detto la contessina Baby a proposito della loro assenza. Ma quella sera non capitò nessuno, e fu meglio assai; avrebbero avuta una ragione di più, per andare a letto in cattiva luna.

La Baby avea passata la sera piacevolmente, mettendo in ridicolo i due innamorati. Marco Baldi le aveva riferito le grimaz fatte da Titta Damonte e da Scipio Spinola, quando ebbero le prime notizie della visita del Santasillia, e le disse pure che quella sera, per vendicarsi, contavano appunto di andare a veglia dalla Zanibon. Figurarsi allora la Baby! Non ci voleva di meglio per dar la stura al suo buon umore!... Cominciò a rifare l'avvocatessa coll'aria languida, e il Damonte vicino, che le tossiva d'amore; poi Scipio Spinola che dirigeva le quadriglie col capitano d'artiglieria e combinava le sciarade in azione col marito e i figliuoli grandi e piccini della Zanibon; e tutto ciò con uno spirito e un brio così schietto e vivace, da far andare in visibilio i suoi fedeli che ridevano come matti.

E anche il giorno dopo la Baby non sentì altro a discorrere che della visita fattale dal Santasillia. La Generalessa, la Marchesa e madama Kraupen capitarono una dopo l'altra, ma tutte scalmanate, a casa Castelguelfo, per sapere come mai e perchè il Santasillia c'era stato: e che cosa aveva detto, e se avea promesso di ritornare.

Certamente! rispose svelta la Contessina, pensando fra sè, che la divertiva troppo quel gran rumore per non voler obbligare il cugino, con qualche pretesto, a farle un'altra visita. E allora ognuna delle tre signore, appena ebbe agio di essere sola colla Baby, la pregò assai perchè trovasse modo, qualora il Santasillia ritornasse davvero di mandarla subito ad avvertire; ma badasse bene: «senza farsi scorgere!» E la Baby a promettere, sorridendo, tutto ciò che volevano.

Ma il Santasillia, fatta la visita d'obbligo, non ricompariva più. Il Damonte ricominciava a respirare, Scipio Spinola a dire spiritosità di buona lega e «le dame della consulta», che domandavano ogni giorno alla Baby se avea rivisto il cugino, ricominciavano da capo ad affermare che l'andare «nel mondo» dovea essere per lui una noia, un sacrifizio, e che se c'era stato una volta per convenienza, scommettevano che non ci sarebbe ritornato.

La Baby le lasciava dire, e le ascoltava colla solita dolcezza; ma poi, quando vide che Andrea si faceva aspettare, combinò con Marco Baldi di andar insieme a fare una visitina al museo africano.

Il Santasillia non fu nemmeno avvertito del grande onore che lo attendeva; la Castelguelfo e Marco Baldi capitarono nel suo studio, all'improvviso, forzando un po' la consegna del cameriere, per non essere annunziati.

Andrea, alla bella prima, si trovò impacciato, ma poi fu preso dalla graziosa amabilità della Baby, che girava attonita per lo studio, guardando tutto, toccando tutto leggermente, colle manine garbate, facendo su tutto un'infinità di domande, colla curiosità ingenua e ardita insieme di una bimba. E l'ambiente severo e cupo della stanza, un po' da filosofo, un po' anche da benedettino, pareva rallegrarsi alla gaiezza dei colori, e alla festevole semplicità di quella personcina elegante, a quella voce che vi risonava armoniosa e al sorriso fresco e buono.

Ma la Baby divenne seria, appena incominciarono a visitare il museo. Allora il suo visetto incantevole non esprimeva più altro che una grande attenzione. Il Santasillia faceva la storia degli oggetti più rari e curiosi, e la Baby tutta assorta, teneva fissi in lui gli occhi intelligenti, appassionandosi a quelle maraviglie, e a mano a mano che egli si accalorava nel discorso, il piacere ch'essa ne risentiva sembrava farsi più vivo, mentre il seno, chiuso nell'abito attillato, le si movea ansante. Ci fu un momento in cui essa impallidì e i suoi occhi ebbero anche un barbaglio di lacrime. Andrea mostrando una zagaglia raccontava il pericolo in cui era caduto, quando inoltrandosi troppo imprudentemente nel paese dei Bogos, arrischiò di rimanere in mano dei selvaggi. Ma per altro, la grande commozione della Contessina non le impedì poi di celiare e ridere, tornando a casa con Marco Baldi, a proposito del Santasillia, che dovea chiudere gli occhi, per non rimanere scandalizzato dinanzi al décolleté «delle signore Assabesi!»

Intanto pareva ad Andrea che la creatura gentile gli avesse rischiarata col suo passaggio la casa tetra e deserta, popolandola di memorie e di immagini ridenti. Con una parola, con un sorriso, con un gesto solo di maraviglia, essa avea lasciato dovunque tracce di sè, che sarebbero rimaste indelebili. Persino i vecchi mobili dello studiolo avevano un'espressione insolita di cordialità, e il giovinotto avrebbe ricordato sempre, fra tutti gli altri, il seggiolone su cui la Baby, scherzando, si era messa a sedere.

Rifece presto e solo il giro del museo, e alcuni oggetti sentì che gli erano diventati più preziosi, e subito pensò di far accomodare e lustrare gli scaffali. Ma ancora il Santasillia subiva la seduzione, l'incanto senza avvedersene... Era come il profumo di alcuni fiori, che penetra inavvertitamente, lentamente nel cervello, e addormenta prima di uccidere.

IX

Andrea, dopo la visita che avea avuta, non si fece aspettar molto dalla cugina; ma la marchesa d'Arcole, la Generalessa e madama Kraupen non ricevettero nessun messaggio in proposito. Quando lo seppero, e lo seppero subito, se ne lagnarono altamente, dicendo alla Baby, non senza malizia, che cominciava a essere gelosa delle sue conquiste e a far misteri. La Baby ascoltò i rimproveri coll'usata docilità, ma invece di rimediare al mal fatto, fece peggio; invitò a pranzo il Santasillia solo, con Marco Baldi.

Ne seguì uno scompiglio; una piccola rivoluzione: musonerie, lamentele, consigli, e anche rimproveri. Ma la Castelguelfo rispose chiaro e netto che non aveva potuto invitare nessuno, perchè il Santasillia non volea conoscer nessuno; e andava apposta da lei nelle ore in cui sapeva di non incontrare altro che il Baldi, con cui era in amicizia.

Che fare?... La Baby aveva parlato esplicitamente, dunque bisognava rassegnarsi ed accettare i fatti compiuti. Ma allora, tutti insieme, amiche e innamorati, le une per un po' d'invidiuzza, gli altri per amor proprio, cominciarono, quasi si fossero data l'intesa, a proclamare con quanto fiato avevano in corpo, l'innocenza di quelle visite.

Il Santasillia vedeva la Contessina per distrarsi un poco, e non altro, perchè le sembrava proprio un baby assicuravano le signorine. Infatti, la Castelguelfo è carina, carina, assai carina; ma solamente carina. È una cosuccia graziosa e profumata; un ninnolo, una maraviglia da étagère... Ma per inspirare una passione?... Oibò!... Manca la donna! E in più ci sono i nervi soggiungevano gl'innamorati.

In quanto al Santasillia, egli era un uomo... diverso dagli altri... Era ancora troppo vivo in lui il ricordo della Parabiano; poi aveva fatto i voti proprio come un prete e pativa di scrupoli.

E allora il voto di Andrea e i nervi della Contessina diventarono gli articoli di fede della chiesuola elegante, e uno solo, il più piccolo dubbio in proposito non sarebbe stato di buon genere. Fra gli altri, Titta Damonte e Scipio Spinola si mostravano i più convinti e intolleranti; essi non permettevano nemmeno lo scherzo.

Ma ci fu un guaio: commisero l'imprudenza di mettere a parte anche la Baby di quella buona opinione; ed essa, invece di gloriarsene, si senti pungere e proprio sul vivo.

Il solo Andrea, sempre chiuso in sè stesso, non ne sapeva nulla di tutti quei discorsi e di tutti que' commenti che lo toccavano tanto da vicino. Egli cominciava ad andare con certa frequenza in casa Castelguelfo, dove avea ritrovata un'amica buona e intelligente, che ascoltava volentieri il racconto de' suoi viaggi e gli intendimenti de' suoi studi e i progressi del suo lavoro. Ma non vi andava altro che di giorno e quando sapeva che la Contessina sarebbe stata sola. E in quell'intimità affettuosa, egli ritrovò un nuovo conforto: quello di aprire il cuore alla giovane cugina e confidarle l'angoscia, lo spasimo dei suoi rimorsi, l'alta e forte idealità del suo amore; tutto ciò che aveva sofferto, tutto ciò ch'egli aveva sperato. E le raccontava quando e come si era incontrato la prima volta, ai Santi Apostoli, coll'Adele «che indossava un abito di percallina bianca, sparso di fiorellini azzurri.» E le ripeteva le ansie delle notti terribili, quando egli spiava la vita della sua cara fanciulla, mirando una finestra lontana, illuminata, che risplendeva sola fra le tenebre; e le disse ancora, piangendo, com'egli avea veduto contraffatto dalla morte quel viso tanto adorato.

La Baby lo ascoltava muta, raccolta, e spesso i suoi occhi si facevano umidi, lucenti per le lacrime. Una volta sola essa aveva interrotto Andrea: quando egli le avea detto che l'Adele era bionda.

 Bionda?... Come me?! chiese subito la Contessina.

 Sì... proprio come lei! rispose il Santasillia, e rimase lungamente silenzioso a guardarla.

E l'amica buona, e le visite frequenti, e le lunghe confidenze dissipavano a poco a poco la monotonia della sua vita. Egli adesso non si sentiva più solo, no; nemmeno nel voler bene alla povera Adele... Anche la cugina diceva di amarla, anche la cugina credeva nella povera Adele, come in una santa; ed era così contenta di somigliarle un poco, almeno nei capelli... almeno negli occhi!...

 Sì, che le somigliava, anche negli occhi! pensava Andrea, ricordandosi quando la Baby era attenta e sembrava commossa nell'ascoltarlo.

E nemmeno non si sentiva più solo mentre era chiuso nel suo studiolo a lavorare. Voleva imporsi, voleva vincere col suo ingegno, e ci sarebbe riuscito. Ma guai se gli fosse mancata l'amica sua... Gli sarebbe venuta a mancare la collaboratrice necessaria del suo lavoro... Del resto, era naturale che le volesse bene. Così giovane giovane, e sola, poveretta; sola anche lei!... E poi, egli non aveva altri parenti! Ci sarebbe stata, per dir la verità... quella vecchia arpia dei bezzetti, ma gli era troppo antipatica... Pure, andando spesso in casa Castelguelfo, bisognava proprio che, almeno una volta tanto, facesse il sacrifizio di lasciarsi vedere anche dalla Giustiniani... Il non farlo sarebbe stata una sgarberia troppo forte... una sconvenienza che lo avrebbe messo dalla parte del torto...

Così pensando, e a ragione, una domenica (era la domenica il giorno in cui la Giustiniani riceveva) si fe' coraggio e andò a farle visita.

Il fuoco era spento, la gaiezza della luce primaverile era frenata dagli spessi cortinaggi; ma pure la vecchia signora era sempre seduta accanto al caminetto e pareva ancora più sprofondata nella poltrona bassa, tanto gli anni l'avevano assecchita. Invece del levriere essa teneva accucciata sulle ginocchia una canina punch che si rizzò, ringhiando col muso sudicio, appena Andrea si avvicinò per stringere la mano alla padrona.

 E così, fiol mio, cominciò la Giustiniani dopo finiti i saluti, parlando con voce più debole e tremante, ma pure conservando la cadenza spiccata e lenta delle parole, che parevano altrettante punture; e così, fiol mio, i me dise che femo dei gelosi in casa Castelguelfo.

Andrea guardò serio la vecchia senza rispondere.

 Sicuro... sicuro... i me dise che quel pôro Damonte el sbossega a tuto andar... Pôro putelo... bisogna compatirlo!... El pareva tanto avanti nelle bone grazie della Baby!

Quando Andrea uscì dalla Giustiniani era pallido, sconvolto.

 Il Damonte? ripeteva fra sè nell'avviarsi verso casa. Il Damonte tanto innanzi nelle sue buone grazie?!... Vecchia strega! Ma sentiva che non poteva odiare soltanto la Giustiniani; odiava anche il Damonte, e quell'odio, quella collera sua, in quel primo impeto di sdegno pareva arrivasse fino alla Baby.

In fine poi, che cosa me ne deve importare?... Nulla. Non vado più in casa Castelguelfo per non arrischiare di essere incomodo, e tutto è finito... A me proprio non preme punto; e che quel cretino sia innanzi nelle sue buone grazie quanto vuole!...

Ma Andrea era troppo onesto e schietto e non poteva mentire nemmeno con sè stesso. Interrogò il suo cuore, e il cuore gli rispose fra i rimorsi e la disperazione ch'egli era geloso e che ne soffriva come un dannato.

Geloso!... Dunque... Dunque era l'amore?!

Sì, sì, era l'amore, e bisognava fuggire, nascondersi e non rivederla mai più!...

X.

Ma poi, Andrea di Santasillia, come succede quasi sempre in simili casi, invece di fuggire rimase a Verona e continuò a vedere la Contessina.

Non c'è coscienza quanto quella degli innamorati che sia facile alle transazioni e feconda di scuse.

Infine, pensava Andrea, acquietandosi, la povera Adele sarebbe sempre stata il suo unico e santo ideale. Nessun altro sentimento avrebbe potuto distoglierlo dalla sacra promessa. Egli doveva essere e sarebbe rimasto per tutta la vita lo sposo, il fidanzato fedele della vergine cara indimenticabile. Sì, egli sentiva, e adesso non dovea più arrossire confessandolo come fosse una colpa, sentiva di volere un poco di bene anche a sua cugina; ma questo affetto era di tutt'altra natura. Era la dolce confidenza di una amicizia quasi fraterna; era una simpatia intellettuale; era il conforto, ma non era l'oblìo dei suoi dolori. Dunque perchè fuggire?... Perchè non dovea più vedere la Castelguelfo, dal momento che quegli scrupoli erano esagerati? E, adesso, pensandoci meglio, si persuadeva anche di non essere geloso della Contessina. Gli seccavano tutti i corteggiatori che le stavano appresso, perchè non erano punto divertenti; perchè erano vuoti e banali. Se invece fossero state persone di spirito, li avrebbe veduti volentieri e si sarebbe goduto in loro compagnia!... In quanto al Damonte poi, l'esserne geloso, era addirittura una ridicolaggine... La Castelguelfo non faceva altro che metterlo in burletta!... È vero; si era offeso e irritato udendo i pettegolezzi della Giustiniani: ma soltanto perchè gli premeva il buon nome di sua cugina, e non per altro. Tuttavia egli rimaneva convinto che quella vecchiaccia aveva una lingua maledica, e che il Damonte era un bamboccione, e non poteva proprio capire come mai facesse sua cugina a sopportarlo!...

Ma, intanto, a poco a poco, per amore o per forza, cominciava col sopportarlo anche lui. Andrea aveva finito coll'andare tutti i giorni in casa Castelguelfo e vi faceva visite che duravano per ore intere; e siccome la Baby non voleva punto cambiare le proprie abitudini, così anche Andrea doveva trovarsi coll'altra gente. Egli, però, non sapeva nascondere il malumore; non parlava mai con nessuno; rimaneva imbronciato e faceva musacce tanto che anche la Contessina principiava a esserne seccata.

Il Santasillia, adesso che tutti lo conoscevano da vicino, avea perdute le maggiori attrattive, ed era ritornato il Monsignore. Ma un monsignore pesante, pretensioso, il quale pativa di scrupoli, e si era innamorato a modo suo della Baby.

E come se tutto ciò non bastasse per infastidire la Contessina, gli amici i quali, sebbene non ne dessero l'aria, pure non avevano ancora perdonato al Santasillia il trionfo de' primi giorni, congiuravano insieme per la sua completa disfatta.

La Castelguelfo cominciava ad essere annoiata del nuovo adoratore. Ed essi appunto, ormai sicuri del loro giuoco, glielo facevano godere a tutto spiano.

Il Damonte affettava di mostrarsi assiduo presso la Zanibon, la quale appunto se n'era innamorata per quell'unico merito che aveva il giovinotto di essere uno dei corteggiatori dell'elegante contessina. Scipio Spinola pareva preso d'una passione furiosa per il cotecio, e passava tutta la serata al club, a giocare. Gli uomini posati facevano capire alla Baby che ci andavano meno perchè temevano di riuscire importuni «a certe persone.» Insomma essa era disperata; non le rimaneva più fedele altro che qualche vecchio reumatizzato, il quale l'angustiava maggiormente domandandole ogni momento: Come mai Scipio Spinola non si lascia vedere?... Perchè il Damonte corre sempre dalla Zanibon?

Il fiore più bello di cui poteva far mostra la Contessina era Marco Baldi: ma per essere sicura di non perderlo, doveva invitarlo a pranzo quasi ogni giorno, e ascoltare pazientemente il solito racconto degli antichi amori, e non solo tollerare, ma fingere di divertirsi assai alle scipitaggini del vecchio libertino.

Marco Baldi, sempre ossequioso quando si trovava in presenza del Santasillia, dietro le spalle ne diceva di cotte e di crude: specialmente a proposito del voto faceva pompa di tutto il suo spirito.

Cheh, cheh! Il culto dell'anima era un pretesto, era una blague!... E raccontava, in proposito, una sua storiella, secondo la quale il Santasillia, fatto prigioniero durante un'esplorazione, era stato trattato dai selvaggi in modo così barbaro da essere poi costretto a fare quel certo voto.

E la Baby, invece di offendersi per quelle volgarità, ne rideva più degli altri, temendo potessero credere che la corte del Santasillia fosse ben accetta, cosa che l'avrebbe resa ridicola in faccia a tutti.

In proposito, la Generalessa, la marchesa d'Arcole e madama Kraupen parlavano chiaro. Il Santasillia non aveva saputo cattivarsi gli animi di queste rispettabili signore. Egli le trattava tutte tre allo stesso modo, senza usare nessuna preferenza, senza mai darsi la pena di far loro una visita; e non le aveva neppure invitate a vedere il museo!

Cara Baby, bada che cosa fai, dicevano le signore. Noi vogliamo consigliarti pel tuo meglio: quel santone del Santasillia ti compromette proprio senza sugo. Secca te, indispettisce i tuoi amici, e tutti t'abbandonano. Titta non viene quasi più; Scipio nemmeno, e gli altri non si lasciano vedere. Marco Baldi, il solo che ti rimane, confessa di annoiarsi assai; dunque pensaci, carina, finchè c'è tempo. Mettilo a posto quel superbioso, che vuol darsi l'aria di padrone di casa, o finirai col diventare ridicola, e coll'essere messa al bando della società.

E la Baby a tali parole, che vedeva colla prova dei fatti quanto fossero vere, si sentiva sgomenta: ma come fare a levarselo d'attorno quel benedetto uomo? A dirlo era cosa spiccia... ma come fare?... Era stata lei a invitarlo in casa, a lusingarlo, e adesso senza un motivo non poteva, in certo modo, metterlo alla porta. Poi, già, gl'incuteva sempre un pochetto di soggezione e fors'anche sentiva compassione di lui: pareva tanto innamorato, povero Andrea!

Allora, tutto sommato, continuò ad essere amabile col cugino, ma sfidò i suoi musi e i suoi brontolamenti, mettendosi di nuovo a dar pranzi e feste e a combinare ogni giorno partite di caccia, gite, cavalcate, per richiamare le pecorelle smarrite. Faceva un pochino la gelosa con Titta Damonte; nell'uscire da teatro, dava il braccio a Scipio Spinola, e tutti furono di nuovo a' suoi piedi.

Andrea di Santasillia soffriva crudelmente, ma non avea il coraggio di allontanarsi; anzi, adesso, stimolato dalla gelosia, si era fatto ancora più assiduo presso la Castelguelfo; e lo si vedeva di giorno e di sera nel suo salottino, sempre muto, accigliato. Certe volte, quando la Baby si avvicinava sorridente al Damonte o a Scipio Spinola e diceva loro qualche paroletta gentile, oppure, quando i suoi adoratori le prendevano la mano per accarezzarla e baciarla con devota galanteria, gli occhi di Andrea sembrava gettassero fiamme.

Una mattina essa dovea uscire col Baldi, col Damonte e col Santasillia: andavano tutti insieme in Piazza d'Armi per veder correre certi cavalli, che la Castelguelfo voleva comperare. Gli amici attendevano nel salotto, e non volendo farli aspettare più del necessario, ella si presentò non del tutto abbigliata, allacciandosi ancora i nastri del cappellino; poi diede i suoi guanti al Damonte, perchè glieli mettesse... Era questa una grazia speciale che la Baby concedeva per turno.

Il giovinotto le si inginocchiò dinanzi, come era di rito, le prese la manina, la baciò, e principiò a infilarle adagio il primo guanto.

Guarda come stringe, quel mortale fortunato! esclamò Marco Baldi.

Ma quasi subito la Castelguelfo strappò l'altro guanto che il Damonte aveva in mano e gli sfiorò con esso la guancia graziosamente, avviandosi sollecita per uscire.

È troppo lento lei esclamò e si fa tardi: andiamo! chi mi ama, mi segua!

Mentre il Damonte le calzava il guanto, Andrea fattosi pallido, aveva guardato la Baby in modo tale da mettere paura.

Tuttavia, s'ella non sapeva ribellarsi interamente al predominio di Andrea, se ne vendicava poi, come Marco Baldi, mettendolo in ridicolo e burlandosi di lui. La Baby con quel musetto piacevole imitava la faccia trista e i sospiri di Andrea quando «la opprimeva» col solito racconto delle sue tragiche vicende. Tutti ne facevano le più matte risate, e persino il malinconico Damonte, se adesso tossiva, non tossiva altro che per il troppo ridere. La Baby, colla voce grossa, si metteva a descrivere le tenebre alte, il silenzio pauroso della notte, il lumicino piccolo che si vedeva in lontananza e il Santasillia inginocchiato «sotto le verdi piante» che recitava preghiere e si torturava col cilicio.

È un espediente assai ingenuo, esclamava il Baldi, toccandosi la punta dei baffi con fare altezzoso, quello di voler rendersi interessanti coi piagnistei! Occorre ben altro per poter avere chanz colle signore!

Andrea non sospettava certo di servir da zimbello ad una leggerezza così perfida e crudele, ma pure sentiva di non essere più inteso, di non aver più il compianto, l'effusione sincera della cugina, e ciò gli dava al cuore uno strazio indicibile. Il suo viso pallido dimagrava, egli aveva la febbre; era misero, disperato; straziato insieme dai rimorsi e dalla gelosia. Dove trovare un conforto? La stessa sua fede lo impauriva con terribili minaccie... Il pensiero dell'Adele?... Egli l'aveva tradita... Non era stato fedele a' suoi giuramenti d'amore: non aveva saputo compiere i suoi propositi di espiazione... Sì, egli era perduto; egli era dannato... Ma forse poteva essere ancora meritevole di perdono, perchè non era più padrone di sè stesso!... Diventava matto: ed era lei, sua cugina, che lo voleva proprio matto ad ogni costo!... Perchè, adesso, ritornava ad essere amabile e a lusingare tutti quei cretini? Pareva come presa da una mania!... Era sempre in moto; sempre in mezzo ai divertimenti e al frastuono!...

Ma come mai il Castelguelfo la lascia sempre sola? domandò al Baldi in uno dei suoi impeti d'ira, che non riusciva più a poter frenare.

Per incompatibilità di umori. Erano ancora ragazzi, quando li hanno sposati.

Dunque suo marito non le voleva bene?

Au contraire! Le voleva troppo bene!

E Marco Baldi, con un ghigno da satiro sdentato, riferì, dilettandosi nei particolari, i motivi che avevano consigliato quella momentanea separazione.

Per Andrea cominciò un nuovo e più atroce martirio. Egli aveva pensato al Castelguelfo come in un possibile alleato che dovea mettere un po' d'ordine e di quiete nella vita rumorosa della Baby e allontanare da lei gli sciocchi sdolcinati e sfacciati. La continua lontananza di questo marito, il non averlo mai veduto, avea indotto Andrea a considerarlo quasi come un personaggio mistico, incorporeo. Ma invece le rivelazioni del Baldi venivano a strapparlo brutalmente a quelle illusioni, mettendogli a un tratto dinanzi agli occhi la realtà più spietata. Allora immagini nuove e strane popolarono la sua fantasia e gli straziarono il cuore. Il sangue fervente della sua maturità intatta, non gli concedeva alcuna tregua. Non poteva più lavorare; non gli riusciva di scrivere nemmeno una riga. Molte volte, vergognando di sè stesso, egli si chiudeva nello studio col fermo proposito di vincere quell'inerzia che lo accasciava, compiere il lavoro che avea incominciato, e ritrovare nell'intelligenza uno svago, un conforto a' suoi dolori. E per un momento pareva inebriarsi, stordirsi, ritornava pieno di ardore verso quelle aspirazioni prime della sua giovinezza, ma poi, dopo alcune righe che aveva scritte, rallentava la corsa della sua mano, si lasciava andare disteso sulla poltrona, e il pensiero suo abbandonava le vergini foreste e i popoli barbari per correre più vicino dove era la Baby, e di lì non poteva più muoversi.

Era geloso del passato e sgomento dell'avvenire. Se il Castelguelfo fosse tornato?

....Se fosse ritornato?!... e poteva tornare da un momento all'altro.

Egli l'odiava quell'uomo, eppure aveva rimorso del suo odio; avrebbe voluto dimenticare, addolcire lo spasimo della propria gelosia, abbandonandosi a qualche nuova illusione. Ma nel medesimo tempo era trascinato, come dal delirio di una febbre maligna, a ricercare tutti gli argomenti, tutti i pensieri che lo torturavano; parlava sempre alla Baby di suo marito, e voleva tutto sapere di lui, per cercar di capire se quel marito assente poteva farsi strada nel suo cuore. E lungamente stava fisso cogli occhi in un ritratto del Castelguelfo che era appeso nel salotto, e lo scrutava, lo divorava; pareva gli volesse investigare anche l'anima.

La Baby rideva, indovinando i pensieri del Santasillia, e si godeva mostrarsi tenera, affettuosa verso suo marito; e quando il cugino guardava il ritratto così fissamente, ella esclamava con una grazietta piena di moine che «il suo Giuliano era molto più bello!»

 Che diritto aveva quel lunatico, pensava la Baby stizzita, d'essere geloso di suo marito? Era proprio una pretesa fuori di posto e ridicola assai! E avrebbe voluto «che il suo Giuliano» ritornasse per fargli dispetto. In tal modo la gelosia di Andrea riavvicinava la Castelguelfo a suo marito.

 Povero Giuliano! Egli almeno era sempre di buon umore e non l'avea mai seccata!

In quei giorni la Baby, com'era sua abitudine di ogni anno, aveva abbandonato Verona per recarsi alla villa di Castelguelfo: un vecchio palazzotto, innalzato sopra un dirupo enorme, che sporgeva nel lago di Garda. E la tiepidezza dolce del settembre penetrava misteriosa nel cuore della giovane donna, mentre la serenità placida del lago, azzurro e nitido, come una meraviglia orientale distesa ai piedi delle Alpi, infondeva nel suo spirito un raccoglimento affettuoso.

Ma pure, la solitudine della campagna non le piaceva punto e spesso era anche annoiata.

 Infine, pensava qualche volta, Giuliano deve trovarsi bene a Vienna perchè non parla più di ritornare! E come avea fatto presto a consolarsi della sua lontananza!... Ciò faceva proprio credere che Giuliano forse le avea voluto bene, ma che non era mai stato innamorato... Di tanta gente ch'ella avea conosciuta, suo marito era il solo che non avea perduta la testa per lei!... Avrebbe però voluto scoprire a chi faceva la corte a Vienna, e conoscere la sua rivale... e fors'anche le sue rivali, perchè Giuliano era un certo tomo!... Non tossiva come il Damonte e non sospirava come il Santasillia!... E poi, in complesso, Giuliano era bellino assai, un po' piccolo, ma elegante. Non gli stavano bene le fedine che si era fatto crescere a Vienna, per darsi l'aria diplomatica, ma gliele avrebbe fatte tagliare. Gli occhietti erano furbi e vivi... e poi montava benissimo a cavallo!

E la Baby, che di solito scriveva ogni quindici giorni a suo marito, in quella prima settimana che si trovò in villa sola, gli scrisse tre volte, e l'ultima lettera era più lunga delle altre. Essa gli narrava la sua vita di ogni giorno; le passeggiate, le visite ricevute e ricambiate, e si doleva di veder poca gente a Castelguelfo perchè troppo lontano dalle sue amiche, e di non poter avere per correttivo alla noia del Santasillia, altro che le facezie di Marco Baldi.

«...Ti scrivo dal picco della quercia... te ne ricordi?... Mi piace tanto questa roccia! Sembra un luogo incantato, la rupe della strega... lo scoglio della fata nera... quello che vuoi! Sotto la quercia ho fatto distendere una grossa tenda, che di giorno ripara dal sole e la sera dalla brezzolina umida, perchè io sono molto frileuse (anzi frileuz, come direbbe Marco Baldi), e poi sono gracile e delicata assai. Non ho la salute florida delle tue tedesche, le quali del resto, come tipo, non mi piacciono punto... Tutto il giorno sto qui a leggere o a scrivere e ad aspettare chi non viene... Non lusingarti, sai, perchè proprio non aspetto te... La sera fumo la sigaretta e si fa chiacchiere con Marco Baldi. Ben inteso che c'è sempre con noi anche quel noioso del Santasillia; ma non parla mai... Guarda il cielo e sospira; guarda tua moglie (che sono io, ricordati!) e geme profondamente, poi, certe volte, si avvicina al margine della roccia, proprio come se avesse l'intenzione di fare un capitombolo nel lago... Povero Andrea!... Ieri l'ho fatto tanto arrabbiare! L'ho avvertito che il lago sotto la roccia è profondissimo, e che se non era un forte nuotatore, non dovea risolvere di fare il salto. Sarò cattiva col nostro reverendo cugino, ma mi secca assai!... Pensa, tanto per avere una scusa d'essere tutti i giorni a Castelguelfo, che s'è messo a restaurare la sua villa d'Oriano. Così l'ho qui a due passi e mi tiene sott'occhio... Carino carino!... Scipio Spinola, adesso, lo chiama il mio tutore.

«... Includo per te, in questo foglietto, una bella viola, e trova modo di averla cara... Se sapesse il tutore che te la mando, guai!... Me ne offre sempre un mazzolino, che io porto tutto il giorno per renderlo felice. Ha riempito le sue serre di fiori splendidi. Tutti per me, ben inteso, e te lo dico perchè, tanto, tu non sei geloso.

«Ti mando la mia mano da baciare. Dicono i nostri amici che è bellina assai; ma tu, già, non te ne sarai accorto. E poi a te devono piacere le mani rosee e potelées delle tue tedesche. Scusami, sai, se ti addoloro, ma le tedesche mi sono proprio antipatiche. Preferisco le inglesi. Credilo; quando sono belle, sono più carine assai. Per altro lo devi credere senza farti trasferire a Londra. Cattivo!... Saresti ancora più lontano!»

Ma non ostante l'umore bizzarro della cugina, Andrea si sentiva assai più tranquillo vedendola a Castelguelfo. Non c'erano visite, nè viaggiatori, e anche il Damonte e Scipio Spinola non capitavano altro che la domenica a pranzo, per ripartire la sera stessa. La fabbrica, i ristauri d'Oriano e i disegni relativi erano occupazioni che si confacevano allo stato suo; ed egli vedendo che trovava modo di attendere a quegli impegni, s'illudeva promettendo ogni giorno a sè stesso, che all'indomani avrebbe ricominciato i suoi studi con nuova lena; ed era tanto sicuro di spicciarsene in breve, che avea già scritto a Milano per procurarsi un editore.

Egli, intanto, sopportava ogni capriccio della Baby; era sola in villa, e ciò lo confortava di tutto.

E infine quelle durezze non attestavano la piena innocenza della sua amicizia?... Come dovevano essere diverse le soavi espansioni e gli incanti dell'amore! Si era ingannato quando avea creduto che gli occhi della cugina somigliassero a quelli della povera Adele... Avevano tutt'altra espressione! No, no; egli non veniva meno alla sua fede, nè alle sue promesse recandosi sovente a Castelguelfo. La Baby (avevano ragione di chiamarla in tal modo: alle volte, era proprio un baby) non gli addolciva punto la vita; ed egli continuava a rimanerle amico, perchè quella testolina sventata gli faceva paura. Essa, circondata com'era da mille pericoli, aveva bisogno di consiglio, di guida, e si sentiva in dovere di non abbandonarla.

Ingannandosi in tal modo nel giudicare i propri sentimenti, Andrea rimaneva assiduo presso la bimba crudele, vivendo della vita sua, e respirando del respiro suo; divorandola cogli occhi, adorandola coll'abbandono più appassionato dell'anima e soffrendo spasimi ineffabili, che soltanto una parola buona o un atto cortese di lei riuscivano a mutare in altrettanta felicità. A poco a poco egli aveva talmente rinchiusa la propria esistenza in quella della Castelguelfo, da perdere persino il giusto criterio delle cose. Un oggetto che apparteneva alla Contessina gli era sacro, e Andrea provava un senso di dispetto e di gelosia quando il Baldi prendeva nelle sue mani o il cestino da lavoro, o l'astuccio delle spagnolette, o lo sciallettino che ella si faceva portare sotto la tenda. Quegli oggetti erano cari al suo occhio e al suo cuore. Voleva essere lui solo quello che li presentava a Baby; ed essa, che aveva indovinata la strana gelosia del cugino, affidava volentieri lo sciallettino a Marco Baldi, e da lui si faceva offrire e accendere la spagnoletta. E come il cuore di Andrea avea raggiunto tanta finezza, così anche la sensibilità di lui si era fatta maravigliosa.

Il tic tac dei piccoli passi della Castelguelfo, il fruscìo leggiero della sua veste lo facevano impallidire, e la sera, aspettava con ansia il momento in cui, abbandonando il picco della quercia e ritornando verso la villa, essa usava appoggiarsi al braccio di uno dei suoi amici. Quando la vedeva alzarsi, egli era inquieto, agitato... Avrebbe preso il suo braccio o quello di Marco Baldi?... E le si metteva vicino vicino, ma non osava mai offrirsi per il primo, impacciato e intimidito da uno strano turbamento.

Ma pure quelle belle sere di settembre erano tutte un incanto. Il lago tranquillo sotto le stelle scintillanti; il profilo cupo delle colline e dei monti lontani, che chiudevano l'orizzonte con immagini strane e diverse: l'armonia quieta e uniforme della notte, solo interrotta dallo schiocco echeggiante della frusta e dal cigolìo de' carri che salivano la strada erta della riviera, tutto ciò rendeva più deliziosa al Santasillia, in quella pace serena, la muta contemplazione del fumo della spagnoletta, che usciva lento come il respiro, fra le labbra socchiuse della Baby.

Certe volte, quando il rapimento di Andrea sembrava più intenso, la Contessina lo interrompeva a un tratto, mormorando con un piccolo sbadiglio: Dio, Dio! com'è seccante la campagna! Ha proprio ragione il mio Giuliano di rimanersene a Vienna! Andrea, allora, la guardava addolorato; ma mentre il Baldi protestava galantemente «che se fosse stato lui nel suo Giuliano, sarebbe rimasto sempre a Castelguelfo», lo sbadiglio della Baby pareva mutarsi in un sospiro di tenerezza, in un saluto, in un invito misterioso del cuore a un'immagine cara e lontana.

Dal picco della quercia si dominava bene tutto il palazzotto, e ogni sera, quando erano vicine le dieci, si vedeva rischiararsi una camera del primo piano.

Ecco la Gege era il nome della cameriera che accende la veilleuse! aveva esclamato una volta Marco Baldi. Ah, Contessina, come io la manderei al diavolo la... la diplomazia!

Andremo a dormire... a sognare! mormorò la Baby stringendosi con un fremito nello scialletto e facendo un po' la ninna nanna colla poltrona di vimini.

Andrea s'era messo a guardare quella finestra lontana, rischiarata, senza più dire una parola.

Perchè guarda così fissamente la finestra della mia camera? gli domandò la Baby, dopo qualche momento di silenzio. Gli fa ricordare, forse, il lumicino della Valpantena.

Andrea, offeso da tali parole, si alzò sdegnato. La Contessina, in quel punto, non gli era più cara; non era altro per lui che un baby cattivo. Le rivolse uno sguardo pieno di collera e se ne andò quasi subito da Castelguelfo, dopo averla salutata freddamente e aver giurato a sè stesso che non ci sarebbe più ritornato.

Sì, sì; non era altro che un baby cattivo; un ragazzo senza cuore, che non avea nulla di sacro. Si faceva gioco di lui e non rispettava nemmeno quella poveretta che era morta di dolore!... Così non poteva durare; anche la sua dignità non lo potea più permettere. Sarebbe ritornato subito a Verona, vicino alla sua Adele; avrebbe ripreso la vita solitaria, che non avrebbe mai dovuto abbandonare, i suoi studi e... E di sua cugina non voleva più sentirne parlare.

Ma poi, la mattina dopo, pensò che così sui due piedi, non gli era possibile di partire da Oriano. Come poteva sospendere i lavori da un momento all'altro? Licenziare tutti gli operai?... Sarebbe stata una ridicolaggine, una scenata, e la Castelguelfo ne avrebbe tratto argomento per metterlo in burletta!... D'altra parte sarebbe stato un voler dare alle parole di quel baby una importanza che proprio non avevano.

Cheh, cheh! Voleva continuare i restauri, la fabbrica, e figurarsi che Castelguelfo non esistesse nemmeno, o, invece di essere lì vicino, fosse in capo al mondo. Ma quando scese in giardino e gli fu mostrata una cesta di fiori bellissimi, appena colti, si sentì impacciato non potendo ordinare, come al solito, che fossero mandati alla Contessina. Che cosa ne avrebbe fatto di tutti quei fiori? E poi, nel restauro della villa s'era tanto uniformato ai gusti e ai consigli della Baby, che adesso molte di quelle opere gli parevano diventate inutili; e non andò nemmeno a vedere i lavori.

Tuttavia, per qualche giorno seppe resistere, e non si mosse da Orlano. Egli, per altro, sperava sempre in una visita del Baldi e in un invito della cugina. Infine, non vedendolo a Castelguelfo essa avrebbe potuto dubitare ch'egli fosse ammalato! Perchè non mandava a vedere che cosa c'era di nuovo? E tutti i giorni sperava, e tutti i giorni cresceva il desiderio e lo sconforto: ma non gli capitava nulla da Castelguelfo! Era proprio un baby senza cuore! No; non sarebbe stato lui a cedere; non ci sarebbe ritornato mai più!... Ma invece, quando venne la domenica, pensando che in quel giorno ci sarebbero andati il Damonte e Scipio Spinola, all'amore gli si aggiunse la gelosia, non potè più resistere, ordinò che attaccassero per andare a Castelguelfo, e adesso che si era risolto, dopo tanto aspettare, aveva l'ansia, la febbre di far presto, e montato a cassetta spingeva i cavalli al trotto, e gli pareva come di rinascere e ritornava a sentirsi contento e consolato.

Andrea respirava con gioia quell'aria fine, che gli sfiorava la faccia. Il lago era più limpido, il cielo più sereno, e più ridenti gli parevano i vivi colori della collina, sparsa di ulivi e verdeggiante di vigneti.

I cavalli erano affaticati e spumanti, ma Andrea, impaziente, li stimolava di continuo; e quando gli apparve la villa, alta sulla roccia, e tutta bianca nel barbaglio vivido del sole; e quando, infine, rivide il picco della quercia che sporgeva cupo, simile a un gigante imbronciato, fra l'allegra nitidezza delle onde crespe, il cuore gli battè forte forte, esultando, come s'egli ritornasse allora, in mezzo agli affetti suoi, dopo un viaggio lontano e increscioso.

In quel momento egli aveva obliato rimorsi e dolori. La figuretta mesta e soave della povera Adele era dileguata dal suo cuore; l'immagine minacciosa di Francesco Parabiano era scomparsa dalla sua mente. Egli aveva dimenticato anche tutto ciò che la Baby stessa gli aveva fatto soffrire; e nella mente, nel cuore, nel sangue non aveva più che un pensiero, una gioia, una febbre: rivederla!

Entrò nel cancello della villa e fece tutto il largo e ripido viale del giardino spingendo i cavalli sempre al trotto, ma quando fu presso alla casa tutta quella grande contentezza svanì quasi per incanto, e si sentì sopraffatto dal pentimento e dalla vergogna.

Perchè mai aveva ceduto all'impeto del cuore?... Perchè mai si era mosso da Oriano?...

Passando con la carrozza presso le finestre della sala terrena, aveva udito la voce della Baby che cantava al pianoforte; e sparsi nel prato aveva veduto i mallets e le palle del croquet; segno evidente che il Damonte e Scipio Spinola erano arrivati prestissimo: prima del solito.

Quando il Santasillia entrò nel salotto, la Contessina lo salutò con un cenno del capo e un sorrisetto esprimenti una certa maraviglia birichina; ma continuò a cantare, accompagnandosi al pianoforte. Il Damonte, in piedi vicino a lei, le voltava le pagine della musica e salutò Andrea, come Scipio Spinola, senza dir motto: mentre il Baldi, che stava leggendo sul canapè, si alzò, e in punta di piedi, gli andò incontro per istringergli la mano.

La Baby cantava con anima e con passione.

Aveva le guance rosee e il seno ansante, strappò gli ultimi accordi col tintinnio dei braccialetti, curvando, protesa sulla tastiera, la personcina flessuosa, scintillante di jais, poi, fra gli applausi de' suoi caldi ammiratori, si voltò verso Andrea, girando sullo sgabellino:

E così? esclamò ridendo; il nostro benamato cugino, non ha potuto resistere, e ha smesso il broncio? Sa, ha fatto bene a venire. Sono forse gli ultimi giorni che rimango in questo eremo, ameno sì, ma noioso alquanto!... Lo zio Pancrazio sta male assai, e se succedesse una disgrazia, andrei probabilmente a finire l'autunno a Navaledo... Povero Santasillia, continuò poi con un'aria leggermente canzonatoria, rimarrà qui solo solo, ed io non potrò nemmeno ammirare le meraviglie di Oriano!... Ma vuol dire che, per compensarlo della mia mancanza, affitterò Castelguelfo a madama Kraupen che, appunto, è in cerca di una villa!

Andrea non badò allo scherzo che avea fatto ridere gli altri; ma avvicinandosi vivamente alla Baby, le domandò con voce rotta dalla commozione:

Davvero?... Davvero, Contessa?... Non rimane più a Castelguelfo?

Ma... chi può sapere?... Tutto dipenderà dalla salute dello zio Pancrazio!

Era costui un vecchio decrepito, che giaceva infermo da parecchi anni nella sua tenuta di Navaledo, nel Friuli, ma che non moriva mai, come forse desideravano i creditori del conte di Castelguelfo.

Originale, di umore bizzarro e avarissimo, il conte Pancrazio, ricco a milioni, non aveva parenti all'infuori di Giuliano e di Baby, i quali spendevano senza scrupoli, fidandosi appunto in una tale eredità che, del resto, non poteva mancare. Ma il conte Pancrazio era stato altre volte in fin di vita, e poi era sempre ritornato indietro, per quanto i medici si fossero ostinati a dichiarare il caso suo disperato. E Andrea, sconvolto da quella inaspettata minaccia di perdere la Baby, e dimenticando che un momento prima aveva ancora fermamente promesso a sè stesso di non rivederla più, innalzò dal profondo del cuore una preghiera così fervida, che forse l'uguale non era mai stata fatta per la salute del conte Pancrazio. Se la Baby fosse partita davvero, come avrebbe potuto vivere a Oriano? E dove sarebbe andato? Che cosa avrebbe fatto della vita sua?...

Tutto il mondo, senza la Baby, gli parea vuoto e triste.

Alcuni giorni dopo, ritornando Andrea a Castelguelfo, sentì che la Contessa era a letto, un po' raffreddata. Egli aveva già fatto voltare la carrozza per ritornarsene a Oriano, quando la Gege accorse dicendogli che la padrona stava meglio, e che avea dato ordine di lasciarlo passare.

Andrea non rispose verbo e seguì la cameriera; ma si era fatto ancora più pallido del solito; non riusciva con le mani che gli tremavano ad abbottonarsi i guanti, e incespicò nel tappeto dello scalone. Il pensiero ch'egli doveva entrare nella camera di Baby lo intimidiva, e provava una sensazione strana d'inquietudine, come s'egli fosse per abbandonarsi all'ignoto.

Ma forse pensò avrò inteso male. La troverò alzata, certamente! E sperò davvero che così fosse.

Era la seconda volta soltanto, ch'egli vedeva e che entrava nella camera di una donna. Però la cameretta umile, piccina, dove sul casto lettino di ferro avea veduta distesa la morta, in quel punto non gli attraversò la mente: egli era troppo commosso e turbato.

La Gege aprì l'uscio e sollevò la portiera; ma Andrea rimaneva fermo sulla soglia. Non ardiva inoltrarsi in quell'oscurità misteriosa, fra quel tepore insinuante, in cui sentiva più acuto il profumo particolare, che la Baby spandeva dalle vesti, dai capelli, da tutte le cose sue.

Avanti, Santasillia, coraggio!... Si direbbe che le fo paura!

Andrea si avvicinò dì alcuni passi. Il suo occhio, abituandosi, cominciava a vederci a poco a poco, le tenebre sembravano diradarsi, ed egli non osava guardare il letto grandissimo, a dorature. Balbettò alcune parole, ma non sapeva dove mettersi: la Baby non era proprio alzata!

Prenda una poltroncina, e venga qui, accanto a me!

Egli volse lo sguardo dove la Baby gli faceva cenno di andare, e vide muoversi, e uscire dall'oscurità qualche cosa di lustro: era il cranio pelato di Marco Baldi, che si alzava per cedergli il posto.

Andrea, più che di gelosia, provò allora un senso di disgusto e di ribrezzo, scorgendo la faccia rossa, accesa del vecchio, vicino al letto, proprio accanto alla Baby, tutta bella, coi capelli biondi che coprivano mezzo il guanciale, e le ricadevano sul giubbettino di seta rosa, chiuso fino al collo.

Egli non la guardava; pure quella figuretta gentile, la sentiva, la vedeva muoversi nell'anima e nel sangue. Per quanti discorsi fossero incominciati, Andrea taceva sempre, e tutt'al più non sapeva rispondere che con pochi monosillabi, o parole inconcludenti. In quella camera soffocava; dinanzi a quel letto soffriva turbamenti nuovi e terribili. Rimaneva immobile, cogli occhi fissi nella faccia di Marco Baldi (l'unico punto dove li poteva tenere senza soggezione), ma intanto vedeva, osservava, studiava tutto d'intorno a lui.

Sul tavolino accanto al letto, c'era il ritratto di Giuliano, e lo avea fatto fremere, come lo faceva fremere la Baby quando si muoveva per accomodarsi colle mani il grosso volume dei capelli, quando cercava sul letto, dove l'aveva buttata, la scatolettina delle caramelle, e quando girava e batteva colla punta dei piedini irrequieti, sotto la coperta grossa di stoffa antica. E, come se tutto ciò non bastasse, c'erano anche le spiritosaggini e i commenti di Marco Baldi, che aumentavano le sue angoscie e lo tenevano in continua agitazione.

Il Baldi scherzava a proposito dell'altro cuscino, accanto a quello della Baby, che rimaneva sempre vuoto, e la Baby, dopo aver arrossito un poco, sorrideva, confessando di essere stata cattiva e ingiusta col suo Giuliano.

 Era tanto giovane quando l'avevano maritata! Allora non sapeva proprio che cosa volesse dire, nè che cosa fosse l'amore!... Povero Giuliano!... e a questo punto gli occhi scintillanti della Contessina si empivano di lacrime; lacrime che non erano di dolore, ma di tenerezza.

 Per dire il vero osservò Marco Baldi ghignando adesso quel birbone di Giuliano non è poi tanto da compiangere. Anzi, au contraire, se fossero vere le informazioni avute intorno al testamento del conte Pancrazio, avrebbe da godere certi agréments...

 La finisca, Baldi! Non so come si possano dire certe cose! esclamò la Contessina facendosi rossa di fuoco.

 Ne faremo giudice il conte Andrea! seguitò il vecchio sboccato, che non voleva cedere a quelle intimazioni; e mentre la civettuola nascondeva le fiamme del visetto, con amabile modestia, contro il cuscino, riferì al Santasillia le dicerie che correvano in quei giorni a proposito del testamento che avea fatto o stava per fare il conte Pancrazio. Questi, non vedendo di buon occhio la separazione che esisteva di fatto tra Giuliano e la Baby, pensava di lasciare tutti i suoi milioni... al loro futuro primogenito.

Andrea guardava attonito il Baldi, ma non capiva bene: Se i Castelguelfo non avevano figliuoli?

 Appunto per ciò! esclamò il vecchio ridendo sguaiatamente. Lo zio Pancrazio vuole che si dia principio alla successione!

Andrea arrossì a sua volta vivamente, poi subito impallidì. Avrebbe voluto schiaffeggiare Marco Baldi, pigliarlo per il collo, cacciarlo fuori dalla camera... Ma si sentiva la gola strozzata e non poteva parlare; gli battevano le tempie; aveva la testa in fiamme e il cuore soffocato. Reso più ardito dallo sdegno, dall'angoscia, dalla gelosia, che gli bruciava il sangue, fissò la Baby; essa in quel punto volgeva gli occhi amorosamente verso il ritratto di suo marito. Andrea si alzò con impeto; era diventato livido. Se Giuliano fosse entrato in quel momento, egli si sarebbe avventato contro di lui. La Castelguelfo e il Baldi si scambiarono un'occhiata di intelligenza. Quella si sentì irritata contro i furori del Santasillia; Marco Baldi, prudentemente, cambiò il soggetto delle sue chiacchiere.

Ma Andrea non potè più riaversi, e anche dopo e nei giorni seguenti, sembrava proprio ammattito. Aveva sempre dinanzi agli occhi la Baby irrequieta, col giubbettino rosa; e fisse, fra lo spasimo della mente e del cuore, le parole del Baldi. Sentiva sempre più acuto e penetrante il profumo di quella camera, così piena di seduzioni forti e misteriose. Ma il ritratto di Giuliano, messo, con amorosa cura, accanto al letto; il cuscino vuoto, presso l'altro, dove vedeva sempre la testina bionda della Baby, lo facevano delirare di gelosia... Poi, per fargli perdere del tutto la ragione, capitò l'annunzio della morte del conte Pancrazio, colla piena conferma di tutte le notizie avute o già divulgate, a proposito del testamento.

Il conte Giuliano era partito da Vienna per Navaledo; aveva già mandato la propria rinuncia al Ministero degli esteri, e doveva capitare a Castelguelfo da un giorno all'altro, appena avesse sbrigati nel Friuli gli affari più urgenti.

Questi avvenimenti importantissimi avevano mutato interamente l'aspetto della villa, e quantunque la Baby fosse in lutto, pure la sua casa era piena di gente e sempre in festa. Le amiche e gli amici della Contessina si affrettavano a correre a Castelguelfo per congratularsi e compiacersi colla Baby. E tutti facevano continue domande e allusioni intorno al testamento, e tutti lo approvavano e ne erano lieti, compreso il Damonte e Scipio Spinola; e più di tutti la marchesa d'Arcole, madama Kraupen, e la generalessa Brocca di Broglio, che, entusiasmate, levavano al settimo cielo la sagace previdenza del fu conte Pancrazio; e tutte tre accarezzavano la Baby e la baciavano, ridendo e scherzando coll'affettuosità ciarliera delle mamme che hanno trovato il marito per le loro figliuole. E la Baby, docile e buona, accettava quelle amorevolezze, arrossendo con effusione, ed era sempre in moto, e aveva sempre un gran da fare per l'accoglienza che voleva preparare «al suo Giuliano.» Faceva cambiare tutto ciò che immaginava non gli dovesse piacere: volle vedere come gli avevano disposto il suo quartierino particolare, e se non mancava nulla nel gabinetto di toeletta; e si prendeva queste cure con tenerezza e con gioia, nominandolo spesso, scrivendogli ogni giorno, mostrandosi ansiosa del suo arrivo e crucciata perchè tardava troppo a venire.

Povero Giuliano! Era tanto tempo che non lo vedeva; ed era stata tanto cattiva con lui!... Eppoi chi sa, poveretto, come ci veniva di mala voglia a Castelguelfo!... Chi sa quante lacrime avrebbe fatto spargere quella sua partenza da Vienna!... E intanto, ridendo e scherzando, cominciava a infiltrarsi anche un pocolino di gelosia nel suo amore giocondo e senza pensieri.

 Sarebbe proprio rimasto sempre con lei, o sarebbe tornato a Vienna?...

E mentre nel suo cuore cresceva l'amore per il marito, il Santasillia, che diventava matto per lei, le faceva sempre più dispetto, e sentiva una forte ripugnanza per quella passione ch'essa aveva inspirata, ma che non divideva. Adesso ch'ella cominciava ad amare suo marito, il grande innamoramento di Andrea non la divertiva più, ma l'offendeva e l'irritava; e cominciava a trattare il reverendo con molta freddezza, e non gli rivolgeva quasi mai la parola; e certe volte era persino scortese con lui, mentre con gli altri si mostrava amabile ed espansiva anche più del solito. Ma il dolore di Andrea sembrava tanto forte, da renderlo insensibile a tutto ciò. Egli era sempre lì, vicino alla Baby, colla disperazione impressa nel volto, e pareva supplicarla con gli occhi stravolti.

Egli non lottava più; non cercava più nemmeno di scusarsi, ma si era abbandonato, intero, alla sua passione. Aveva finito di credere, aveva finito di sperare; amava, amava soltanto, ma il suo amore non era il soave incanto dell'anima; no, egli lo sentiva rodere ostinato come l'odio, e divampare a un tratto come un impeto d'ira.

La sua mente smarrita si ribellava contro la fede. E, in vero, perchè doveva egli credere? Quando era stata ben accolta la sua preghiera? Lui, che aveva tanto supplicato, avea potuto ottenere la guarigione di Francesco Parabiano?... No. Lui che avea tanto creduto, avea potuto prolungare di un giorno solo la vita dell'Adele?... No. A lui, che aveva tanto sofferto, era stata concessa un'ora sola di riposo e di oblio?... No. Mai!

Giovanetto ancora, egli era buono, onesto, pio, e tutto ciò non valse a difenderlo dal cattivo genio che lo spinse contro Francesco Parabiano e gli distrusse in un attimo la felicità appena intravveduta; la vita appena incominciata. Pure egli si era piegato senza imprecare a tanta sventura. Si era fatto operoso, sollecito del bene altrui, e sorretto da un raggio vivido di speranza e di amore salutava lieto la fine di ogni giorno, perchè ogni giorno trascorso era un nuovo passo ch'egli aveva fatto verso la cara perduta. La sua vita correva triste e solitaria, ma correva ed era tranquilla; e allora, sempre quel cattivo genio, gli volle negare anche la pace, e fu preso dalla piccola sirena, incosciente e spensierata, che per ridere o far ridere, gli aveva avvelenata l'anima e il sangue... Sì, sì, sì: egli rinnegava la fede e si ribellava contro il cielo. Egli non poteva credere altro che nel male, perchè il male era stato più forte e aveva vinto; egli non poteva credere altro che nell'inferno, perchè l'inferno lo sentiva nel cuore!

In quei pochi giorni, Andrea era diventato così macero, sparuto, giallo, da far paura e pietà. Quando gli fu annunziato l'arrivo di Giuliano ebbe prima un sorriso da ebete; poi si scosse all'improvviso, e lanciò sulla Baby un'occhiata torva, minacciosa, in cui lampeggiavano l'odio e la gelosia.

Il conte Giuliano aveva scritto da Navaledo che sarebbe arrivato a Peschiera alle sette di sera; e che poi da Peschiera, con una carrozza di posta, sarebbe giunto a Castelguelfo intorno alle nove.

Andrea capitò in villa, che avevano appena finito il pranzo. Ma non entrò nella sala e rimase nel giardino a passeggiare. Non salutò nemmeno la Baby, non disse una parola, sfuggiva tutti, internandosi solo solo nei viali più riposti.

Quella passione, quel dolore così grande e muto avevano finito coll'incutere in tutti un senso di pietà, e anche di rispetto. In tutti, tranne per altro, nel cuore della Baby. Essa aspettava Giuliano, e Andrea le dava noia, le faceva quasi ribrezzo.

Il Damonte e Scipio Spinola convenivano col Baldi, che a innamorarsi al modo del Santasillia non ci doveva essere proprio nessun divertimento; e la marchesa d'Arcole, d'accordo con la Generalessa e con madama Kraupen, presa a parte la Castelguelfo, la consigliò di calmare un poco il suo innamorato, che minacciava di diventare matto furioso:

Capirai: se tuo marito lo vede in quello stato, non gli può far comodo, nè piacere... E poi insomma, anche per il Santasillia stesso, povero diavolo, trova una buona parola; mettigli il cuore in pace. Tu sai bene che mi è sempre stato antipatico... Ma, che vuoi? stasera mi fa proprio compassione!...

E a me, invece, col suo muso livido, mi fa rabbia, mi fa ira!.. Che diritto ha, domando io, per essere geloso di mio marito? È una bella pretesa, sai?! Il Damonte, Scipio Spinola e tanti altri non mi hanno mai seccata con simili scenate!... Sì, sì, sì, e la Baby batteva i piedini per terra sfogando la stizza contro Andrea. Io amo Giuliano; lo amo, lo amo, lo amo, e se a quel brutto coso fa dispetto, lo amo ancora di più!

Ma la marchesa d'Arcole, aiutata dalle altre dame della consulta, seppe adoperare così bene la propria eloquenza da indurre la Castelguelfo a soffocare lo sdegno, e a mostrarsi buona verso il cugino.

Pensa, cara, che il tuo Giuliano potrebbe credere, fra l'altro, che tu avessi un po' lusingato, un po' incoraggiato il Santasillia, a farti la corte!...

Dio, Dio che roba! esclamò la Contessina sinceramente: Ed io invece, non l'ho mai potuto soffrire!

Tuttavia l'osservazione della Marchesa fece colpo.

La sera era bellissima, tepida e chiara. Il lago tranquillo, senza vento. La Baby mandò il Damonte a prendere lo scialletto, e si chiamò vicino Santasillia.

Mi dà il suo braccio, Andrea? Voglio camminare un poco. Andiamo fino al picco della quercia. E quando furono innanzi nel viale, essa gli domandò con molta affettuosità nella voce: Ricorda ancora la nostra tenda e quelle ore buone?

Andrea la guardò serio, fisso, senza rispondere. Erano soli. Gli altri della brigata, messi in sull'avviso dalla marchesa d'Arcole, andavano a passeggiare e a discorrere nelle altre parti del giardino.

Dica un po' Andrea, cominciò la Baby, tanto per aprire il fuoco, stasera siamo in collera?

Andrea la guardò di nuovo, senza dir motto.

Che ha, dica?

Che ho?... Vuol sapere che ho? rispose il Santasillia sciogliendosi vivamente dal braccio della Castelguelfo e fissandola minaccioso ho che l'amo e che mi ha dannato!

Per amor del cielo, Andrea, mormorò la Baby un po' inquieta per il tono con cui furono dette quelle parole: cerchi di essere ragionevole, prudente: se gli altri ci sentono, diventiamo ridicoli.

E che importa a me degli altri! esclamò Andrea, il quale ormai, rotto il freno alla passione, la lasciava prorompere. Che importa a me degli altri, quando è la mia coscienza che mi condanna? Quando è lei, lei per la prima, Contessa, che mi trova ridicolo e che mi rende tale? Lei, che ha distrutto quanto c'era in me di forte e di buono; lei, che mi ha tolto ogni forza, che non mi lascia più ragionare, che non mi lascia più sentire, nè pensare; lei, che non mi ha lasciato di vivo altro che il cuore, per torturarlo, per poterlo straziare in mille modi?!...

Tanto male le ho fatto? mormorò l'altra con un sorriso dolcissimo. È stata cattiva con lei la piccola Baby?

Ella fa il male senza saperlo; ed è perciò che non risparmia alcun dolore e che non sente pietà!

Gli occhi di Andrea si empirono di lacrime: la Baby gli si avvicinò, e gli toccò il braccio con la sua manina carezzevole.

Ma, infine, si può sapere che cosa è successo da due o tre giorni a questa parte?

Che cosa è successo?... È successo che io godevo la pace, e che lei mi ha messo l'inferno nel cuore; è successo che mi ha fatto tutto dimenticare ed offendere: la promessa giurata a' miei poveri morti, il mio dovere e la mia dignità. È successo che per lei ho rinnegato Dio e la mia fede: è successo che per lei sono disonesto e traditore. Ero un uomo rispettato; avevo consacrato l'ingegno e la vita per un ideale alto, per un'opera grandemente generosa, e lei mi ha fatto mancare a tutto ciò, per rendermi lo zimbello suo e dei suoi stupidi corteggiatori. Ecco, che cosa è successo! Avevo forza e coraggio e ora sono debole e vile al punto da chiedere pietà pel mio strazio a lei, alla Baby! che pure so essere senza pietà. E siccome lei ride, ride sempre, non fa altro che ridere, e non sa, non vede, non osserva nulla, così glielo dico io: questo è successo!

Le parole di Andrea erano rotte dai singhiozzi; e un pochino anche la Castelguelfo cominciava a commuoversi.

Coraggio, Andrea, coraggio e... ragioniamo; cerchiamo di ragionare insieme. Non posso proprio dire che mi faccia complimenti stasera, ma le perdono tutto perchè sento di aver molta, moltissima amicizia per lei. Ma appunto, se mi vuol bene, si faccia forte e si calmi. A vederla fare di queste scene, capirà, ne va della mia riputazione. Tutti quanti hanno notata la sua faccia stravolta... Sapesse che cosa mi ha detto la marchesa d'Arcole!... Insomma, lei dovrebbe fare a modo mio, e così dicendo la voce della Contessina diventava più carezzevole e insinuante, e la manina premeva più forte sul braccio di Andrea, stasera, lei dovrebbe ritornare a Oriano.

Mi manda via?... Mi mette alla porta?! proruppe il Santasillia esasperato.

Ma no, tutt'altro, Dio mio! E la Baby, senza perdere la pazienza, soggiunse sorridendo: Tornerà domani, quando vuole, sempre! A patto, per altro, che non mi guardi più con quegli occhi stralunati! Dio mio, sembra, quasi, ch'ella mi voglia mangiare! In fine, poi, dovrebbe essere ragionevole e giusto. Se mi vuole, per sua disgrazia, come dice lei, un po' di bene, che colpa ce n'ho io?

No; lei non ne ha colpa. Ha voluto soltanto divertirsi col mio cuore perchè il balocco le sembrava nuovo e strano; ha voluto romperlo, come fanno i bimbi, per vederlo dentro, com'era fatto!... E quando vi ha scoperto il culto per una povera morta e il rimorso per un omicidio commesso; quando vi ha scoperto la fede nel perdono e nella pace, lei s'è goduta a sconvolgere e a disperdere tutto ciò; s'è goduta a infondervi un amore che brucia come l'odio, una gelosia terribile che fa impazzire! Poi me lo ha ricacciato nel petto, per ridere di me, per ridere vedendo la smorfia di un uomo che muore disperato.

Andrea col petto ansante per l'urto dei singhiozzi, fe' qualche passo barcollando come un ubbriaco e si buttò sopra una panchina di pietra, presso il margine della roccia. I suoi occhi incavati non avevano più lacrime e fissavano cupamente il lago profondo, che si stendeva immobile e nerastro sotto il cielo bianco.

Scusi, caro lei! rispose la Baby, seccamente, perchè punta sul vivo... io non voglio niente affatto ch'ella muoia disperato!... Anzi, al contrario; da un'ora non fo altro che raccomandarle la calma e la prudenza. Pensi che adesso deve arrivare Giuliano e...

Ma se sono due giorni eterni, e due notti d'inferno, che non penso ad altro! esclamò Andrea alzandosi di colpo e afferrando un braccio della Baby e scuotendolo. E lei ora me lo ripete in faccia?! Ma non vede, non capisce proprio nulla, lei?...

Andrea, che fa?... Diventa matto?

La Baby aveva un po' di paura, e tentava invano di liberare il suo braccio dalla mano di Andrea. Mi lasci andare... Voglio ritornare in casa!

Perchè?... Perchè vuol ritornare?... È presto ancora... mormorò Andrea fissandola cogli occhi smarriti.

Perchè... perchè, balbettò la Baby, sempre più spaurita; perchè fa freddo qui... perchè si fa tardi... Perchè insomma voglio rientrare!

No... non è tardi... e Giuliano «il suo Giuliano» non può essere arrivato... Avrebbe sentito la carrozza sulla strada... ascolti... e tese l'orecchio no... non si sente ancora!... Non si sente nulla!

Mi lasci andare!... Mi lasci andare!

Ma invece la mano di Andrea la strinse più forte, in modo, quasi, da farle male. In quel punto si era rischiarata, come di solito, la nota finestra del primo piano, e mentre la Gege, spalancate le imposte, stava per richiudere le persiane, egli aveva scorto i cortinaggi candidi del letto nuziale.

Mi lasci andare! ripeteva inquieta la Castelguelfo. Mi lasci andare! e per isciogliersi da quella stretta, essa si piegò divincolandosi contro Andrea, che sentì il fremito e fu avvolto dall'onda calda, odorosa del corpo della Baby. Fu come un lampo: il sangue gli salì in una fiamma dal cuore al cervello; la roccia sembrò mancare sotto a' suoi piedi; il lago immenso gli girava dinanzi agli occhi sibilando e mugghiando, ed egli strinse, si avvinghiò alla Baby come un disperato baciandola pazzamente sui capelli, sulle vesti, sul collo...

È un vigliacco!... Mi lasci andare! Lo odio... Aiuto! gridava la Baby, tremante di collera e di spavento, e per tentare di liberarsi e per iscansare i baci gli graffiava le mani e il viso. Ma Andrea non udiva quelle ingiurie, non vedeva le lacrime, non ascoltava quelle preghiere, e le soffocava i gridi e i singhiozzi con le labbra roventi, mormorando parole rotte, febbrili, a volte appassionate, a volte feroci, in cui l'odio e la gelosia si confondevano con l'amore.

Lo odio!... Vigliacco! Lo odio! Ma poi, a un tratto, pure in mezzo allo spavento e al ribrezzo, la Baby ebbe un sussulto di gioia; e cacciando la mano contro la bocca di Andrea, e piegando il capo riverso, gridò con tutta la forza e l'esultanza dell'anima sua: Giuliano! Giuliano! Aiuto!

Sulla strada che conduceva alla villa si udiva allora il rumore lontano di una carrozza e il tintinnio acuto delle sonagliere. Lui!... Lui! mormorò Andrea serrandosi ancora più stretta la Baby contro il petto con un impeto convulso. Lui! e i suoi occhi sfavillarono di gelosia.

Giuliano! Giuliano mio! Giulia... ma il nome rimase strozzato da un urlo acuto, terribile.

La marchesa D'Arcore, le altre signore, gli amici, tutti lo udirono nella villa e accorsero spaventati in cerca della Baby: il picco della quercia era deserto.

Baby! Baby! gridò la marchesa pallida tremante.

Contessina Baby! Contessina Baby! gridarono tutti gli altri girando attorno smarriti... Ma la Baby non rispose; la spiaggia era muta; l'acqua nerastra del lago ritornava a distendersi tranquilla e impassibile... Si udiva soltanto, sempre più vicino, il trotto serrato dei cavalli e il frastuono delle sonagliere, che rompevano festevolmente il silenzio vasto della notte, come l'annunzio di una lieta novella.

I.

«Sta ferma, brutta saetta!» strillò la contessa Orsolina alzando con una mano, in aria di minaccia, un pettine d'osso giallo e sdentato, e coll'altra dando una tirata rabbiosa alla grossa coda di capelli castagni della piccola Agnese.

La fanciulletta in piedi, dritta dinanzi alla padrona che la pettinava, non si era mossa fino allora, ma traballò per quella strappata forte, improvvisa, e le si empirono di lacrime gli occhioni grandi, infossati nel visino smorto. Tuttavia rimase sbalordita, senza mettere un grido: era tanta la soggezione e la paura, che non osava fiatare.

«Sta ferma, brutta saetta!» ripetè la Contessa, e questa volta, dopo avere scaraventato il pettine sulla seggiola vicina, accompagnò la tirata con uno scappellotto.

«Le fo anche da serva, a quella monella... E lei, invece di essermene grata, le inventa tutte per farmi scappar la pazienza!»

La sera, prima che la famiglia uscisse in gala per recarsi al Caffè d'Europa, la piccola Agnese, che serviva in casa da sguattera, da cuoca, da cameriera e da bambinaia, veniva sempre lisciata e vestita di tutto punto dalle mani stesse della contessa Orsolina, che si assoggettava, non senza dispetto, a quella disgustosa operazione, pur di tener alto il decoro della casa. È da sapersi poi che la Contessa la chiamavano tutti Orsolina, col diminutivo, soltanto perchè ciò le faceva piacere; ma, in verità, era invece un pezzo di donna alta e tarchiata, coi capelli rossicci arruffati che pareano un enorme parruccone, e colla faccia tonda, colorita, tutta sparsa di lentiggini e di bitorzoli giallognoli, che la Contessa chiamava nei, reputandoli una delle sue tante bellezze.

La bimba, nel frattempo, sotto le sfuriate della padrona aveva sempre taciuto, e per non muoversi punto, non si asciugava nemmeno le lacrime che le colavano chete giù dalle guance pallide e smunte, sul grembiule bianco.

«Piange, quella smorfiosa. Piange!» continuò a brontolare la signora, che aveva incominciato a far la treccia, movendo in fretta le dita grosse, coperte dagli anelli d'oro, con un moto che pareva meccanico. «Piange, povera vittima!» e per ischernire Agnese prese a farle il verso, sforzando la voce aspra, fessa, a una cantilena piagnucolosa. Ma poi, quel dolore muto, quel pianto silenzioso finì per irritarla maggiormente e «Bada» tornò a gridare infuriata, «bada che se non ismetti di frignare, ti concio io pel dì delle feste».

La bimba, allora, si sforzò di trattenere le lacrime e si asciugò gli occhi colle manine ruvide e annerite, già sformate dalle fatiche grossolane e screpolate dal rigovernare.

La Contessa, terminata la treccia, la legò in fondo stretta stretta coi capelli che tolse via dal pettine; prese le forcine che aveva preparato sulla seggiola (era in cucina, dove abbigliava l'Agnese), le riunì tutte in un mazzetto e se le mise fra le labbra per averle più sotto mano; poi levandosele ad una ad una appuntò con esse la freccia che rigirò intorno al cocuzzolo, aggiustandovela in fine con un colpo secco della palma della mano.

«Ecco fatto: adesso voltati marmotta!»

La bimba ubbidì subito; si voltò, tenendo la testa bassa; ma sul grembiulino bianco, inamidato, si vedevano qua e là le tracce delle lacrime cadute.

La Contessa, a quella vista, strillò come una indemoniata, agitandosi, smaniando, che pareva presa dalle convulsioni: buttò fuori improperi e parolacce, e siccome la piccina spaventata proruppe in singhiozzi, le allungò un manrovescio così forte che le fe' rossa tutta una guancia.

In quel punto, mentre lo strepito era maggiore, si aprì adagio adagio l'uscio interno della cucina, che metteva in una stanza attigua; poi fece capolino fuori dell'uscio una faccia pallida, magra, sparuta, con una barbettina rada e una gran zazzera di capelli neri; e rimase là esitante, a guardare, senza muoversi punto.

«Se i vicini ci sentono» disse infine una vocina sottile e sommessa, «si fa la figura di tanti matti!»

Quel personaggio che non osava inoltrarsi era il marito della terribile Contessa: il conte e cavaliere Venceslao Portomanero, professore a duemila e duecento lire nel regio Ginnasio di Verona.

«Sì, facciamo una figura da cani» continuò a strillare la signora, «ma è questa sciagurata che ci fa scomparire! E tu che sei un uomo, se non ti muovi per darle una buona lezione, mi farà crepar arrabbiata... e sarete tutti contenti!»

Il signor Conte guardò allora la bambina e sul volto spaurito gli passò come un'ombra di pietà; poi con una durezza che si sentiva forzata, «Andiamo, animo, da brava», disse ad Agnese, sempre colla sua vocina da pecora, «cercate, santa pazienza, di metter giudizio!» Ma dette queste parole sparì subito dietro l'uscio, che si richiuse con grande sgomento della fanciulletta, che si vedeva nuovamente abbandonata sotto le granfie della padrona.

Eppure Agnese, o la bambinaia, come la chiamava la contessa Orsolina, aveva avuto in casa Portomanero i suoi giorni buoni di felicità e di gloria; ed erano stati i primi appunto, in cui, dopo aver lasciato il verde paesello del Tirolo, i prati odorosi, le rocce bigie di granito, era scesa a Verona ed era venuta a servire e a stentare, in un quartierino privo d'aria e di luce, che sapeva di muffa.

La Contessa si faceva provvedere il personale di servizio da una sua amica che abitava Trento: e ciò perché le tirolesi sfacchinavano il doppio delle altre, e avevano minori pretese pel vitto e pel salario. Di più, essa voleva che non avessero mai servito, così non erano ancora ammalizzite e le poteva meglio governare.

Quando arrivò l'Agnese dal Trentino la Contessa in persona si recò a riceverla alla stazione; onore codesto ch'era toccato per altro, indistintamente, a tutte le bambinaie che l'avevano preceduta; e come la signora aveva fatto colle altre, abbracciò e baciò con grande effusione la nuova arrivata, ripetendole il solito discorsetto, che in quel momento di contentezza era veramente sentito:

«Come ti chiami?»

«Agnese, signora Contessa...»

«Brava: è un nome che mi piace. Ricordati, che se sarai savia, non avrai in me una padrona dispotica, ma troverai invece una buona mamma».

Si avviarono a piedi verso Porta Nuova. La Contessa che dondolava tronfia e severa nella grassa maestà della sua persona, colle piume e i nastri svolazzanti del cappellone passato di moda, dono di una sua parente di Venezia; la bambina, che tratto tratto saltellava, non potendo tener dietro ai passi smisurati di quel donnone.

La signora Contessa non osava mai approfittare delle vetture di piazza: «Non si è mai sicuri di quel che si porta a casa!»

La corsa era lunga: Agnese, stanca, cambiava da un braccio all'altro il suo piccolo fardelletto. La Contessa, rossa, accesa, col viso lustro pel sudore e una treccia di capelli che si snodava di sotto al cocuzzolo, sbatteva, ansante, il ventaglio, ma non rallentava il passo.

«Hai fame, Agnese?» domandò dopo un poco.

La bimba, vergognosa, e con un affanno che le levava il fiato, rispose un monosillabo inintelligibile.

«Oggi mangerai le papparelle al sugo: ti piacciono le papparelle?»

«Sì, signora Contessa».

Allora cominciarono le prime istruzioni. Due cose, anzi tre, raccomandava la Contessa in modo particolare: l'ordine, la pulizia e il buon cuore. In quanto alla pulizia doveva proprio badarci assai, perchè il «signor Conte» su quel proposito era molto esigente; ma per contentar lei, bastava aver cuore. Sicuro, qualora si mostrasse affettuosa, affezionata, specialmente colla Rosalia, «la signora» avrebbe finito col chiudere un occhio e magari due, su tutto il resto. Già, in casa, non c'era molto da fare. Soltanto doveva abituarsi a essere ordinata per non affastellare le faccende! Del resto non aveva altro che due persone sole da servire; chè la Rosalia, naturalmente, non contava. La Rosalia sarebbe stata per Agnese uno svago, una delizia! Rubava il cuore quella ciocina!... Era un tesoretto. E poi qualche volta, si sa bene, anch'essa «la padrona» le avrebbe data una mano. Preferiva lavorare un po' piuttosto che vedersi attorno un'altra persona di servizio; un viso nuovo! Eran tutte viziose, sudice, ladre!... E anche l'Agnese doveva esser contenta di trovarsi sola: così almeno, nella sua cucina, la padrona dispotica era lei! Con due donne insieme sarebbe stato troppo difficile il buon accordo: invidie, gelosie, liti!... Una casa del diavolo!... E il signor Conte su questo tasto era inflessibile. Guai, se sentiva leticare!... E aveva ragione, perchè ne scapitava il decoro della famiglia.

Quando attraversarono la Piazza Brà, la Contessa indicò ad Agnese il Caffè d'Europa.

«Guarda com'è bello, ti piace?»

La bimba guardò senza risponder nulla: pareva istupidita.

«Tutte le sere, o suona la banda sulla piazza o c'è concerto dentro, nella sala del Caffè Guarda com'è grande! Noi ci veniamo sempre. E verrai anche tu, colla Rosalia. Vedrai, vedrai; un po' di buona volontà, un po' di buon cuore, e pulizia, e puoi star sicura di godere il papato!»

Giunte in fondo della piazza le fe' ammirare anche l'Arena.

«Lì dentro, una volta, ci stavano le bestie feroci, che mangiavano i Cristiani vivi». E con un suo ghignetto di compiacenza, continuò: «Di' la verità, ti piace più Mori...» era il capoluogo del paesello di Agnese: «ti piace più Mori o Verona?»

La bimba alla domanda improvvisa si sentì stringere il cuore. Là, in mezzo a quella piazza così grande, fra tutte quelle casone bianche, con quella padrona al fianco, che vedeva per la prima volta e le metteva addosso tanta soggezione, volò col pensiero alla sua povera casetta, alla mamma, a Menico, e alzò timidamente gli occhi smarriti in volto alla signora, sospirando senza risponder nulla.

Alla poverina pareva di sognare. Difatti l'avevano destata di notte, bruscamente, per metterla in viaggio; l'avevano cacciata in una diligenza, tra una fitta di persone che la guardarono tutte di malumore e che si scomodarono appena per farle un po' di posto. Uno sgomento, un affanno nuovo, profondo la travagliava... Pure, per la stanchezza, pisolava a ogni tratto; ma quando tornava a svegliarsi spaventata pel traballìo della grossa vettura, la riprendevano quello sgomento e quel dolore, e alla luce malinconica dell'aurora, si facevano sempre più vivi, sempre più angosciosi. Poi, trovavasi sola, abbandonata sotto l'ampia tettoia della stazione, credeva di perdersi; rimaneva immobile, confusa, vergognosa fra il trepestio della folla affaccendata; non sapeva che fare, dove andare, a chi rivolgersi. Alla fine un conduttore, con mal garbo, la fe' correre quanto era lungo il treno, rossa, ansante, col suo fardello sotto il braccio, e la spinse su, strapazzandola, in un vagone di terza classe, sbacchiandole dietro lo sportello, mentre la macchina fischiava e il treno si metteva in movimento. E anche lì dentro, come prima nella diligenza, essa fu guardata di traverso da visacci arcigni, che l'accolsero con mal garbo... Sì, sì; le pareva di sognare; sperava ancora che il suo non fosse altro che un brutto sogno. Ma poi, quando dovette convincersi d'essere desta davvero, allora lo sgomento di prima tornò a premerle sul cuore.

Buon per lei che la Contessa, in vena d'indulgenza, interpretava tutto benevolmente, anche la timidezza, anche la mestizia; tanto che appena giunta a casa, ancora scalmanata, contò subito al marito che la nuova bambinaia si mostrava molto intelligente e che sperava, alla fine, d'esser riuscita ad accomodarsi bene. E si mantenne in questa buona disposizione per tutta una settimana; durante la quale Agnese fu lodata, vezzeggiata, tenuta di conto, come una cosa rara. Le davano anche abbastanza da mangiare, e ogni poco la padrona tirava fuori da certe scatole di dolci stinte e sciupate, doni di nozze che contavano parecchi anni, talune chicche vecchie, indurite, che regalava alla fanciulla; la quale, non usa a simili finezze, le riceveva arrossendo, tutta confusa per la timidezza e la gioia; e dopo averle ammirate le metteva in serbo per la mamma e per Menico, in una scatola di mostarda senza il coperchio, che pure le era stata donata, perchè vi riponesse la sua roba.

La contessa Orsolina in quei primi giorni non era uscita mai; era rimasta tutto il tempo colla bambinaia per aiutarla, finchè non avesse imparato la pratica della casa.

Senza sottane, senza busto, la signora non indossava altro che una spolverina da viaggio di tela greggia, logora e unta, che faceva servire a uso veste da camera. In ciabatte, coi capelli rossastri che le uscivano spettinati di sotto a un foulard annodato attorno al capo, con un paio di guanti sudici, del marito, per non guastarsi le mani; trafelata, molle di sudore, col viso acceso, coi fianchi enormi e col petto opulento che le ciondolava, faceva ballare i vetri delle finestre andando e venendo, dalla camera al salotto, e dal salotto alla cucina; sempre armata dello spolveraccio e del pennarolo: sempre acciaccinata, sempre strillando. E «Bada, bimba, bada» ripeteva ogni minuto all'Agnese, «queste faccende devi poi imparare a farle da te. Guai se mi vedesse il signor Conte in questo stato, guai! monterebbe in bestia!»

Ma la ragazzetta prometteva bene; e la padrona se ne mostrava sempre più soddisfatta, ritrovandole tutte le belle qualità di cui appunto difettava maggiormente «quella vipera, quella sudiciona, quella sciagurata dell'ultima bambinaia che aveva avuto e che» raccontava sempre la Contessa «era stata costretta a scacciare sui due piedi!» La cosa, per altro, non era andata proprio a quel modo. Una bella mattina, svegliandosi arrabbiata perchè la serva non le apriva le imposte, si accorse che «quella briccona» era scappata di casa. Figurarsi il baccano! Si parlò di ricorrere alla questura... Ma poi, siccome per paura d'essere ripresa, la serva rinunciava tacitamente a quindici giorni di salario, così alla signora, dal canto suo, parve più conveniente, sbollita l'ira in chiacchiere, di non farle correr dietro il conte Venceslao!

Anche Rosalia, la piccola erede di casa Portomanero (un popone sformato di ciccia gialla e floscia, colle gambe corte, e le croste sul viso), doveva anch'essa in quei giorni di gaudio mostrarsi garbata. La contessa Orsolina le insegnava a dare i baci alla francese alla nuova bambinaia; e la sgridava se non le lasciava mangiare il pranzo in pace, ripetendo sempre che anche le altre donne se n'erano andate per via de' suoi capricci. Poi voleva che non facesse la caparbia, che smettesse il viziaccio di farsi sempre portare in collo per istrada, e infine, quando erano la sera al Caffè d'Europa, perchè «si abituasse ad essere di buon cuore», l'obbligava a dividere con Agnese il biscottino che la bamberottola succiava adagio adagio, tuffandolo nella mezza marenata della mamma.

Ma in sul più bello di tanta serenità e di tanta pace, verso il settimo giorno, si addensarono le prime nubi, sotto forma di semplici ammonizioni: «Bada, Agnese; ti ho già detto un'altra volta che mi consumi troppa legna! Bada, Agnese; il signor Conte ha gridato con me perchè non gli hai smacchiato l'abito nero. Agnese, devi star più attenta alle cose! Agnese, diventi poltrona! Agnese, non abusare della mia bontà!» Poi la Contessa cominciò a stringere le labbra, a scrollare il capo, segni forieri di tempesta, e a mormorare: «Non capisco... Avevi fatto tanto bene i primi giorni... Non capisco; ma ci sarà sotto la sua ragione!» Frase misteriosa, detta così misteriosamente da spaventare la poverina ignara del supposto arcano. «Certo, certo; ci sarà sotto la sua ragione; lo crede anche il signor Conte!» E, finalmente, dopo il lungo brontolìo del tuono, scoppiò improvvisa la saetta quando la Contessa si mise a urlare disperata che «Agnese non aveva cuore, che era un'ingrata,» e le rinfacciò brutalmente le garbatezze prodigatele, le chicche, il mezzo biscottino di Rosalia e i concerti del Caffè d'Europa.

Agnese intanto si faceva sempre più smunta, sempre più magra e sbalordita. Sfacchinava dalla mattina alla sera; era sfinita, ma non riusciva mai a contentare la signora. In verità, la disgrazia della bambinaia era una sola, e pur troppo inevitabile: granata nuova spazza bene tre giorni; e n'erano passati più di sette!... Adesso la contessa Orsolina si seccava a restar tutto il giorno coll'Agnese per insegnarle «la pratica della casa» e «per darle una mano.» Adesso voleva alzarsi tardi, voleva uscire, voleva andare a far visite. Insomma «voleva tenere una donna non per far lei la serva, ma per essere servita!» Nella sua indolenza di donna grassa e nel suo egoismo di pitocca sfarzosa, non si capacitava che una bimba di dodici anni non avrebbe potuto sostenere sulle sue povere spallucce tutto il peso di casa Portomanero; ma invece, più era esigente e incrudeliva, e più perdeva la coscienza della propria ingiustizia, persuasa che era stata ben grulla nell'aiutare l'Agnese, perchè la sorniona, colla sua «furberia da montanara ne approfittava per oziare e per mangiare il pane a ufo!»

«Alla fin fine il quartierino era piccolo, Agnese non aveva altro che due persone sole da contentare, e in ventiquattr'ore c'era tempo e n'avanzava per lavorare e per riposarsi! Bastava che avesse avuto un zinzino di buona volontà; ma invece era una ragazzaccia disordinata quanto mai, e poi d'una sciatterìa che faceva rabbia a guardarla!»

E, al solito, anche questa volta, a mano a mano che la nuova bambinaia scemava di pregio, tornava in ballo quella di prima, e nasceva nella padrona la smania di riagguantarla.

«Per la pulizia,» principiava a dire la signora al conte Venceslao, che l'ascoltava sempre muto e sempre rassegnato a darle ragione, «per la pulizia bisogna proprio convenire che quell'altra era una meraviglia. E poi ti ricordi com'era svelta? E com'era precisa in tutte le cose?... Basta...» e la Contessa sbuffava stizzita, «una come quella non la trovo più!» Poi, essendo in vena di sentimento, ne lodava la bontà del cuore. «Sicuro; la Virginia» era questo il nome della serva che aveva preso il volo «era molto più affezionata alla casa; e lo aveva provato in varie occasioni! ed anche a lei voleva molto bene! Si era disgustata soltanto per cagione di Rosalia. Quella monella pretendeva sempre di stare in collo!... Ma se si potesse trovar modo di riaver la Virginia, sarebbe pure una gran bella cosa!...» E la sera a letto, fra le coniugali tenerezze, ingiungeva al marito (anche in quei dolci momenti la Contessa conservava sempre il tono assoluto) di correre la mattina appresso, prima della lezione, dalla fruttaiola sotto i Portoni dei Borsari (una che trovava servizio alle ragazze) per cercare s'era possibile di riaccomodarsi.

Il Conte, volendo esimersi, tirava in ballo la dignità offesa per la fuga della serva; ma la moglie, subito gli chiudeva la bocca con un altro argomento, che non ammetteva repliche: l'economia.

«La Virginia mangiava molto meno di questa ghiottona dell'Agnese!»

Proprio, per dire la verità, l'accusa d'ingordigia era la più ingiusta che mai si potesse fare in casa Portomanero, dove nessuno mangiava a sufficienza, compreso il conte Venceslao. Soltanto la Contessa, colla scusa dei languori, si faceva certe frittatine, mentre il professore era a scuola, che le permettevano poi, all'ora del pranzo, di moderare l'appetito del consorte, coll'esempio della propria sobrietà.

Ma i coniugi ne avevan pochini da spendere, e meno ancora ce n'erano per i gusti aristocratici della contessa Orsolina. Le loro rendite non toccavano mai le tremila lire, tutto compreso; quantunque il conte Venceslao, dopo la scuola, corresse in giro a dar lezioni private.

«Il benedett'uomo si strugge se non sta a predicare il latinorum!» diceva la Contessa, colla sua voce sgarbata, ai professori, che la sera le facevano corona al Caffè d'Europa. Essa voleva dare ad intendere che non ce ne fosse punto bisogno, che anzi avesse a noia quel lavoro soverchio del marito; poi, nel segreto delle pareti domestiche, lo stimolava, rimbrottandolo, a darsi moto per trovar lezioni.

Alla signora piaceva assai di stare sulle mode, sebbene non fosse molto lungi dalla quarantina. Ma si sentiva rifiorire con un ritorno di aspirazioncelle giovanili, grazie a quel marmocchio, che le era capitato, non sapeva come, dopo dieci anni di matrimonio. E poi si reputava sempre una bell'asta di donna, e si arricciava le ciocchine sulla fronte un po' rugosa. Superba della sua pinguedine, de' suoi bitorzoli e delle vesti appariscenti, non credeva scemata la propria avvenenza dai denti cariati, nè la propria eleganza dalle unghie nere, alle quali non badava mai, perchè già, fuori di casa, portava sempre i guanti. Del resto, e se ne vantava, curava molto la pulizia: una volta alla settimana andava a prendere il bagno a San Luca, e la sera dopo raccontava al Caffè quella sua raffinatezza respirando a ogni tratto per il piacere di sentirsi «bella fresca».

I colleghi del marito non la potevano soffrire, ma le erano soggetti per via del Provveditore agli studi, un omettino piccolo, gobbo, tisicuzzo, che coi suoi occhietti miopi, senza vedere i particolari, apprezzava soltanto la quantità della persona.

Con quei gusti della padrona e coi denari contati, si capisce che dovessero andare di sotto i piaceri della tavola.

«Quel che si mangia non c'è più» sentenziava la Contessa dopo pranzo, mentre il conte Venceslao faceva ancora la zuppa in un mezzo bicchier di vino, cogli avanzi del pane. «La roba invece rimane sempre, e si fa buona figura. Già è la moglie che rappresenta l'emblema della famiglia. Quando esce, se si mostra ben vestita, di tutto punto, mantiene il decoro della casa, mentre, invece, chi viene a ficcare il naso nella nostra pentola per vedere che cosa ci bolle? Non ho ragione, Lao?»

Il Conte, per tutta risposta, abbassava gli occhi sul suo abito nero, liso e spelato. Ma, secondo l'opinione della Contessa, gli abiti del marito non conferivano nessuna dignità alla famiglia; tanto è vero che il Conte non possedeva, fin dai tempi remoti, altro che quel suo vestito voltato e rivoltato, così ch'era lucido di sotto come di sopra. E poi, anche in questo, la contessa Orsolina sapeva salvare le apparenze al solito, brontolando:

«Pare impossibile: i letterati non vogliono mai badare alla loro toeletta. Io grido sempre con mio marito, ma non mi riesce di vederlo vestito bene; e anche quando gli fo fare per forza un abito nuovo, non c'è versi che lo voglia mettere e invecchia nell'armadio.»

Ci sono delle persone che fanno come i cani; si conoscono all'odore. Così era successo al conte Venceslao coll'Orsolina, che l'aveva incontrata a Vicenza, dove egli era professore in un istituto privato. E avevan potuto annusarsi a loro agio, chè l'Orsolina era figliuola appunto della padrona di casa, dove il professore era andato in pensione. Tutti e due vani, tutti e due pitocchi, tutti e due erano boriosi di quel titolo, che avrebbero potuto sbatacchiare sul muso «ai plebei arricchiti», e che li avrebbe compensati di tutti gli stenti della lor condizione.

Il conte Venceslao per altro aveva creduto che la sposa dovesse ereditare qualche soldo alla morte della mamma, e l'Orsolina aveva sperato in qualche aiuto dal nobile parentado, che sentiva tanto vantare. Così tutti e due, si erano presi a vicenda come si prende una medicina, che non gusta al palato, ma che si spera, abbia a recar vantaggio.

Invece le speranze furono presto deluse; la mamma era passata a seconde nozze, e il nobile parentado, dopo essersi adoperato perchè il conte Venceslao fosse nominato regio professore e creato cavaliere, faceva il sordo a tutte le altre sollecitazioni. Soltanto una parente di Venezia, che contava cinque dogi nella sua famiglia, regalava ogni tanto all'Orsolina gli abiti smessi, e a Santa Lucia mandava una cassetta di roba per la bimba.

Per tutto ciò eran rimasti delusi e malcontenti, non avendo altro che il titolo da sfoggiare e da godere. Ma l'Orsolina, di tempra più forte, si vendicava della disdetta patita, comandando a bacchetta in casa; il Conte invece, fiacco e disilluso, si lasciava dominare, per non aver di peggio, lamentandosi in cuor suo di non esser nato a buona luna.

Fossero stata gente come ce n'è tanta, con tremila lire potevano sbarcarsela benino. Ma per gli obblighi del nome si trovavano sempre col borsellino asciutto. La loro vita era stentata appunto perchè era tutta d'esteriore, perchè sacrificavano l'essere al parere. E il conte Venceslao, al quale ritornava un po' di buon senso col crescere dei bisogni, sarebbe stato anche disposto, come diceva alla moglie «a molarghe un punto» coi fumi aristocratici; ma invece l'Orsolina, che per mezzo del Provveditore era stata ammessa ai ricevimenti della Prefettessa, teneva duro più che mai.

Con una servetta sola, che passava per bambinaia, essa andava parlando della sua «servitù», e dava ad intendere di tenere una cameriera e una cuoca, che poi «per caso», aveva allora allora licenziate, ogni qualvolta si vedeva in pericolo di esser colta in fallo. Nessuno era ancora riuscito a penetrare in casa Portomanero, nemmeno il signor Provveditore. Colla scusa di essere sempre in cerca di un quartierino conveniente, che non conveniva mai, la Contessa non riceveva nessuno; invece pretendeva che le visite le venissero fatte la sera, in Piazza Brà, al Caffè d'Europa, dove stava per ore intere come in trono, fra il marito stanco e assonnato, che scioglieva le sciarade della Nuova Arena, la bambinaia colla Rosalia sulle ginocchia, e la mezza marenata dinanzi, sul tavolino. E ogni tanto, quando c'era gente, domandava al marito perchè non voleva prendere un gelato, un'acqua o un caffè; e offriva una pasta alla bambinaia; ma il marito non beveva altro che l'acqua fresca della moglie, perchè le altre consumazioni gl'impedivano di dormire; e la serva doveva sempre rispondere con bella maniera: «Grazie, signora Contessa, ma oggi a pranzo ho mangiato tanto, che non mi c'entra più niente!»

II

La piccola Agnese non aveva mai avuto fortuna. Prima che nascesse, il babbo suo, già carico di famiglia, bestemmiava come un turco per quel nuovo peso che gli cascava addosso; i figliuoli ne tenevano il broncio alla madre, e mormoravano tra' denti, ch'era una vecchia senza giudizio; e dopo, appena fu messa al mondo, continuarono i musi e i litigi perchè invece di una femmina avrebbero voluto un maschio. La povera mamma tremava di continuo a cagione della creaturina sua, e dovea tenerla nascosta, e per allattarla scappava lontana, o correva a rifugiarsi in qualche angolo buio della catapecchia, temendo sempre che gli uomini non gliela inghebbiassero, come minacciavano di fare, col sugo di bosco.

Poi, quando più tardi la piccina fu divezzata, non vollero che la donna se la portasse dietro mentre andavano a lavorare: era una seccatura e un perditempo. Invece la tenevano chiusa in casa, senz'altra compagnia all'infuori di un gattaccio nero e di una gallina vecchia.

Gli spaccalegna abitavano una specie di tana: due buche basse, l'una dietro l'altra, colle pareti annerite dal fumo e dall'umido. Nella prima, un gran tavolone roso da' tarli, e tutt'intorno una panca sgangherata, serviva di desco; nella stanzaccia appresso dormiva la famiglia; uomini, donne, e il ciuco insieme. Lì non c'era nemmeno una finestra; ma l'aria e la luce penetravano dagli spacchi del tetto e delle pareti. Sullo sterrato del suolo colava il sudiciume della bestia insieme con quello de' cristiani e spandeva entro il misero tugurio un fetore malsano.

La bimba abbandonata rufolava l'intero giorno in quel sudiciume. Essa teneva stretta fra le manine grasse un pezzo di polenta nera che biascicava di mala voglia. La gallina, cheta, silenziosa, veniva di tratto in tratto a beccargliela furtivamente, e poi subito scappava via strillando, colle ali aperte, seguita sempre dall'occhio giallo, fisso del gatto, aggomitolato sulla panca.

La bimba, così sola, rideva, piangeva, si arrabbiava, si spaventava, poi, sola sola, tornava a confortarsi. Ma quando si faceva buio e Agnese non vedeva nella stanzaccia altro che gli occhi lucenti del gatto, essa cominciava a disperarsi e si metteva a piangere, a strillare e non si acquietava fino a tanto che un calcio del babbo e il fiato caldo di Parigi, il cane volpino, che veniva a leccarle il viso, non l'avvertivano del ritorno della famiglia. Allora essa correva a rifugiarsi accanto al camino e non si sentiva più neanche respirare.

La mamma non osava difenderla, perchè gliela avrebbero maltrattata peggio che mai; ma la cercava sempre con gli occhi pieni di tenerezza paurosa.

Era una donna alta e scarna, dal cui viso smunto traspariva una bellezza guasta ancor più dai patimenti che dagli anni; gli occhi esprimevano quella mestizia dolce e affettuosa, che indica come l'anima sia rassegnata, ma non abituata al dolore. Sempre sottomessa e umile soffocava persino i sospiri; soltanto quando proprio non poteva reggere allo strazio, osava dire appena qualche parola per difendere l'Agnese.

«Finite di tormentarla... Già non è colpa sua s'è venuta al mondo!»

E quando scodellava, lasciava per ultima la ciotola della bambina; nè la metteva in mostra sul desco, ma la teneva in un angolo del focolare, così gliela empiva sino all'orlo, senza che gli uomini avessero a brontolare per quello spreco.

Agnese, seduta in terra, colla ciotola tra le gambette, afferrava il cucchiaio di legno e cominciava a mangiare; ma coi movimenti ancora incerti delle manine non imboccava bene la cucchiaiata e più di mezza le colava giù dalla bocca a imbrodolare il vestituccio. Intanto il gatto nero le si avvicinava piano piano, e veniva a ficcare il muso nel piatto. Agnese, subito, lo minacciava col cucchiaio, non arrischiandosi a picchiarlo, e non osando gridare. Invece si guardava intorno smarrita, cercando la mamma sua; ma la mamma era l'unica donna della casa, e dopo aver lavorato «cogli uomini,» mentre essi cenavano, usciva a raccogliere l'erba pel somarello... E il gattaccio continuava sempre a leccare, e leccava finchè Parigi, vedendolo, gli si avventava contro ringhiando... L'altro faceva le fusa, drizzava il pelo, soffiava, poi, via come di volo verso una tana sotto il tetto, e spariva... Parigi dietro, abbaiando, rovesciando la scodella di Agnese.

«Parigi!... qua!... To!... canaglia...» e giù parolacce e bestemmie.

Parigi, colla coda tra le gambe, tornava lentamente sotto la tavola: il gatto adagio adagio rientrava in cucina per un altro buco, e la bimba, ancora tremante, raccoglieva col cucchiaio la broda colata in terra.

Ma per altro, in mezzo a que' cattivi, c'era di buono, oltre la mamma e Parigi, anche il cugino Menico: un ragazzetto di pochi anni più grande di Agnese. Ed anzi, qualche tempo dopo, quando il piccolo spaccalegna si ruppe una gamba cadendo da un abete, restando egli pure tutto il giorno rinchiuso insieme colla bimba, cominciò proprio a volerle bene.

Chiacchieravano tra loro soli, a voce bassa, ridendo, canticchiando, giocando e infilando coccole rosse di pugnitopo, e ghiande verdi e gialle colle quali l'ambiziosetta si faceva collane e orecchini. Menico intanto si godeva quel riposo insperato, e la bimba, tutta gaia, faceva la donnina, attorno al piccolo infermo; o gli stava accoccolata vicino, sul saccone, deliziandosi al molle calduccio. Poi, quando Menico potè cominciare ad alzarsi, i due ragazzi passavano intere le loro giornate nel praticello dietro la casa, a declivio sopra un torrente che scorreva chiuso in una villetta tutta verde. La bimba girellava raccogliendo fiori, e belle foglie larghe e striate, che ammucchiava sulle ginocchia di Menico. Poi anch'essa gli si sedeva vicino sull'erba e si divertivano insieme a intrecciare ghirlande e a far mazzolini.

Nelle ore calde del meriggio Agnese scendeva sotto l'ombra folta della riva per dar la caccia alle farfalline dai vivi colori, agli scarabei dorati e alle damigelle graziose, colle alette azzurre splendenti al sole. E gridi e risa di gioia annunciavano a Menico il ritorno della bimba, che egli vedeva comparire rossa e trafelata sull'erba, coll'insetto chiuso fra le mani.

Ma presto riprincipiarono i patimenti della piccola Agnese. Appena ebbe dieci anni il babbo e i fratelli suoi vollero che si mettesse a lavorare, e le furono tutti addosso coll'accanimento di chi intende rifarsi di un danno patito.

«Aveva campato a ufo per tanto tempo!... Era ormai tempo che il suo pane lo guadagnasse!»

La mamma cercava di risparmiarla; ma gli uomini montavano in furia anche contro di lei e la facevano morir di fatica perchè non avesse da star dietro alla figliuola. Tutte le mattine era l'Agnese che doveva portare al bosco l'acqua e la merenda degli spaccalegna... C'erano due, tre, alle volte anche quattro miglia da fare per una viottolina ripida e sassosa. La bimba teneva la sporta della polenta in una mano, coll'altra il secchio dell'acqua, e saliva su su, adagio adagio, traballando, e lacerandosi i piedini nudi sul sentiero. Menico, quando poteva scappare, le veniva incontro un buon tratto di strada per aiutarla;

ma se gli altri se ne accorgevano, guai! lo picchiavano come un asino ed anche più forte, perchè la pelle dell'asino costa quattrini.

Finalmente, un giorno, uno degli uomini si risolse di pigliar moglie. La mamma s'era fatta vecchia e rifinita e Agnese sola non bastava a far le sue veci. Ma per altro, quando sarebbe entrata in casa una donna giovane e forte da metter sotto a sfacchinare, l'Agnese sarebbe tornata a essere un soprappiù. Perciò la mamma, prevedendo nuovi tormenti e sperando così di formare la felicità della figliuola, si rassegnò a distaccarsene e trovò modo di mandarla in città a servire.

Il babbo aveva dato il suo consenso non solo, ma si stimava molto fortunato: gli pagavano la bimba cinque lire al mese: non aveva mai sperato di cavarne tanto profitto!

III

«Cinque lire?... Capperi!...» quell'assegnamento mensile pareva una spesa grossa anche alla contessa Orsolina Portomanero, la quale non voleva certo buttar via i denari suoi «per ingrassare i villani!»

La bambinaia era pagata profumatamente; e però doveva servire; doveva lavorare!

Cinque lire?... Sono una bagattella cinque lire al mese; ma in un anno, perdinci! diventano sessanta franchi; e con sessanta franchi c'è da farsi un abito nuovo alla Pompadour, che par proprio di seta! Non dico bene, Lao?

Già... sicuro... sessanta lire: quasi dieci giorni della mia paga.

A poco a poco, mentre cresceva il malcontento della Contessa per la bambinaia, questa somma di cinque lire prendeva nell'immaginazione sua dimensioni più gigantesche, e Agnese non lavorava mai abbastanza per meritarla. E perciò ogni giorno la signora diventava più esigente e ogni giorno incrudeliva verso la poveretta, che adesso le era diventata anche antipatica perchè si vedeva costretta, in certo modo, a tenersela per forza.

Le corse del conte Venceslao ai Portoni dei Borsari e le pratiche per riaver la Virginia erano rimaste senza effetto.

«Piuttosto mi butto nell'Adige!» aveva risposto la giovane alla fruttaiola.

Le altre serve (pareva si fossero date l'intesa!) scappavano spaventate appena sentivano nominar la Contessa. Così, la sfortunata Portomanero, non potendo servirsi da sè sola, era obbligata per sua disdetta a contentarsi dell'Agnese, la quale faceva miracoli con quelle braccine sottili; ma tutto era inutile. La Contessa diceva che la bambinaia era indolente, disordinata, che non aveva cuore, nè pulizia; e siccome Agnese si crucciava e appariva mesta e mortificata, la sgridava di più, perchè metteva il muso.

«Dio, Dio! Com'era stufa di villane! Zotiche, poltrone, golose, sciatte, senza un briciolo di quell'aria composta che dà tanto decoro alla casa: e inoltre anche ladre! Sicuro anche ladre. Fin allora non si era accorta di nulla; ma era certa che un giorno o l'altro avrebbe scoperto che l'Agnese rubacchiava. Già non aveva cuore, e quando non c'è cuore, si finisce sempre male!» Ed era tanta la bile della contessa Orsolina, che si guastò persino colla sua amica di Trento perchè «non le mandava mai altro che arruffone screanzate e buone a nulla!»

Era principiato l'inverno e l'Agnese tribolava anche più. Doveva mettersi in moto due ore almeno innanzi giorno, nella casa buia, fredda, silenziosa, mentre i padroni dormivano della grossa. E cominciare a lustrar le scarpe, a smacchiare gli abiti, ad accendere il fuoco per l'acqua calda: poi preparare il caffè del professore, il latte di gallina per la signora, e la pappa di Rosalia. Appena il Conte era alzato, correre ad accendergli la stufa nello studiolo, e soffiare, soffiare, soffiare, da rimetterci un polmone!... E quando si alzava la Contessa, correre anche da lei a pettinarla, lisciarla, abbigliarla; in ultimo, vestire e lavare la Rosalia, faccenda che finiva sempre in tragedia. Dopo c'erano da far le camere: c'era da spazzare, attinger l'acqua e portar la legna dalla cantina al quartierino, su al terzo piano di un casone grande, a Sant'Anastasia. Inoltre bisognava stirare, cucire, preparare il pranzo, lavare i piatti, e infine la sera, quando Agnese cadeva sfinita per la stanchezza, doveva ancora andare in giro per Verona, e su e giù in Piazza Brà, dritta, composta, tenendosi in braccio la Contessina che, a peso, prometteva crescere quanto la genitrice! E tutto ciò sempre con un po' di fame, e sempre colla padrona alle costole, la quale, protestando di farle da mamma, le dava anche di tanto in tanto qualche scappellotto.

Agnese non pareva più la stessa dei primi giorni: aveva il visino pallido, affilato, e il corpicciuolo curvo, dimagrato sotto l'abito cencioso.

«Quando ti farai più svelta e troverai anche tu, come sapeva trovarle Virginia, due o tre ore nella settimana per lavorar di tuo, chè non sono una tiranna e lo permetto», diceva la Contessa rialzando la testa e il petto con severa maestà, «allora ti regalerò uno scampolo perchè tu ti faccia un vestito nuovo».

Intanto, per il freddo che soffriva nella sua cameruccia, dopo essersi abbrustolita in cucina, Agnese aveva preso la tosse: una tossettaccia cattiva, che a volte la faceva urlare con gran fastidio della Contessa, e senza rispetto de' suoi poveri nervi; ond'essa brontolava che «quella villana non aveva proprio educazione!»

Aveva le manine rosse, gonfie e spaccate dai geloni, e stentava a camminare nelle scarpe diventate strette; ma pure anche vedendola in quello stato la contessa Orsolina non ne aveva pietà. Anzi s'indispettiva maggiormente, essendosi persuasa che «la fintaccia» si mostrava apposta così malandata per farsi compatire, e per far credere alla gente che in casa Portomanero la trattavano male.

Tuttavia quell'Agnese «che doveva tenersi per forza», che si vedea lì dinanzi sempre ammusata, diventava il suo tormento e le faceva perdere l'appetito. Diceva, e lo credeva, che le avea portata in casa la jettatura, e ciò era provato dal fatto soprannaturale che non le era più possibile di trovar un'altra bambinaia. Era sempre spettinata, col capo sudicio, perchè adesso avea la superstizione di perdere i capelli se li toccava l'Agnese. Insomma un giorno, tanto si sentiva sfortunata, che non potè più reggere, e si mise a piangere dalla fruttaiola. Figurarsi! a cagione «di quella bestiaccia» si guastava il sangue e si arrabbiava anche col conte Venceslao!

«Mentre io la sgrido, lui non è buono di dire una parola, e lascia tutta a me la parte odiosa!»

Spesso, marito e serva, finivano coll'essere coinvolti nell'ira medesima.

C'era poi la Rosalia, che per l'istinto d'imitazione naturale nei bimbi, avea preso anche lei a perseguitare l'Agnese, appunto perchè la vedeva perseguitata. Le faceva sgarbi, dispetti: riferiva, e magari nel riferire inventava di suo, tutto ciò che poteva tirarle addosso una ramanzina, e le ripeteva, ciangottando, le parolacce e le ingiurie che sentiva dire dalla mamma. E costei, volendo mostrare alla fruttaiola, o ai professori, quando erano al Caffè d'Europa, l'intelligenza della sua creatura, usava domandarle, per giuoco:

«Che cos'è la Tata?»

«Brutta bruttaccia!» rispondeva la Rosalia, facendo gli occhiacci.

«Tesoro mio! Viscere mie care!» si metteva allora a gridare la Contessa, baciando e ribaciando la figliuola colla foga delle donne grasse che si sciolgono in tenerezze, e finiva poi sempre col farla piangere e strillare, infastidita da quelle strette, o perchè le entrava nell'occhio uno dei peli duri come setola, che spuntavano qua e là, dritti e solitari, sui bitorzoli materni.

Quelle ore lunghe, eterne del Caffè, erano proprio un supplizio per la povera Agnese. Non sapeva come stare, come muoversi, dove guardare, che cosa rispondere ai professori che la interrogavano, tenuta sempre in una gran soggezione dalle occhiatacce e dai cenni stizzosi della signora, che la bambinaia studiava attenta, spaurita, ma che non riusciva a capire, perchè non indicavano mai le stesse cose. E rimaneva lì muta e sgomenta, cogli occhi imbambolati, rossi e gonfi, per il gran piangere che aveva fatto durante il giorno. Soltanto sulla faccia assonnata del conte Venceslao ella intravedeva, qualche volta, uno sguardo benigno di compassione! e la bimba avea preso a voler bene al signor Conte, e gli era grata anche di quella timida e inefficace pietà: e la poveretta soffriva tanto, in cuor suo, quando la padrona lo trattava male.

Del resto già, era da vedersi che il buon uomo con la moglie non ce la poteva!...

Una volta sola egli s'era permesso di dire a Rosalia, che aveva tirato i capelli all'Agnese tanto forte da farla gridare: «Da brava, non tormentarla anche te!» Ma la Contessa minacciò, nientemeno! la separazione, e il conte Venceslao ebbe un bel fare, assicurandola che «quell'anche te» non era stato altro che un modo di dire!...

La signora intimò all'Agnese «di rispettare il suo sangue», e al marito «di non farsi mai più il protettore della gente di servizio», dichiarando che oramai era stufa «e che il conte Leo» proprio così «non avrebbe dovuto dimenticare che senza di lei sarebbe rimasto sempre a insegnare l'abbicì nelle elementari!»

E tutto il giorno, tutta la sera continuò quella lunga sfuriata, interrotta soltanto al Caffè, ripresa lungo la strada, nel ritornare a casa, riepilogata quando la padrona andava a letto e la bambinaia le augurava, balbettando, la buona notte.

Entrata nella soffitta dove avea la sua cuccia, mentre batteva i denti sul pagliericcio freddo, sentiva ancora la voce della Contessa che predicava al conte Venceslao.

Allora la povera ragazzina pianse tutte le lacrime sue, e le versava calde, silenziose, invocando la Vergine dei dolori perchè l'aiutasse a contentar la padrona e perchè il conte Venceslao non avesse a soffrir dispiaceri per cagion sua. Pregava e pregava rannicchiata, sotto le povere coperte, sforzandosi di soffocare la tosse, per non destare i signori, che dormivano; e se qualche volta, stanca, disfatta com'era, riusciva ad appisolarsi, si svegliava subito in sussulto, parendole di sentir la voce della Contessa che la chiamava... Quando venne l'alba a diradare le tenebre, Agnese già levata, era intenta nella cucina buia a dare il lustro alle scarpe dei padroni, dinanzi ad un mozzicone fumoso di candela, che stava per finire. Alzò gli occhi alla finestra, e sospirò, vedendo il giorno che ricominciava.

IV

Non c'era versi: la fruttaiola sotto i Portoni dei Borsari non riusciva a pescare una bambinaia per casa Portomanero!

E la Contessa, allora, pensò fare di necessità virtù, e presa occasione da una lettera ricevuta in quei giorni da Trento, dichiarò che si sarebbe rassegnata a tenersi ancora l'Agnese «per fare un'opera di carità».

Infatti la lettera avvertiva la contessa Orsolina che la mamma dell'Agnese era stata ricoverata all'Ospedale, ridotta in fin di vita dalla pellagra. La Contessa avea dato il doloroso annunzio alla bambinaia senza preamboli e traendone anzi argomento per un nuovo predicozzo: «Imparate a far la cattiva. E' un castigo che vi manda il Signore. In quanto a me», e si rizzava impettita, con una grand'aria di magnanimità «in quanto a me avevo trovata una cameriera bravissima che mi dovea venir da Milano, e contava darvi gli otto giorni. Tuttavia, adesso, per non lasciarvi in mezzo di una strada, vuol dire che... starò a vedere e vi proverò ancora un po' di tempo. Ma vi avverto che in questo mese avete rotto un piatto e un bicchiere, per cui mi terrò diciotto soldi sul vostro salario».

Alle prime parole, udendo che la mamma era tanto ammalata, Agnese rimase istupidita, poi cominciò a tremare, a tremar tutta come se avesse avuta la febbre, e mentre la padrona finiva appena di parlare, mandò un grido acutissimo e cadde che parea morta, per terra.

La Contessa, lì per lì, si spaventò parecchio e anche lei si diede a strillare, con quanto fiato aveva in corpo. Sollevò di peso la bambinaia, la portò sul canapè, le spruzzò la faccia con acqua e aceto; la baciò, la ribaciò, le riscaldò col fiato le manine diacce, e quando ritornò in sè, le giurò che non l'avrebbe mai abbandonata, che sarebbe stata come la sua mamma, e ad ogni costo le fece buttar giù un mezzo bicchierino di fernet puro, che, non essendoci la ragazzina abituata, le dette il travaglio di stomaco.

E per tutto quel giorno la signora fu buona coll'Agnese, e ogni momento volea darle da mangiare. Ma poi, dopo pranzo, tutto quel calore si raffreddò; cominciò a stringere le labbra e a rannuvolarsi, brontolando che «non bisognava abusare del buon cuore dei padroni». Agnese, ecco il guaio, aveva pregata la Contessa di lasciarla restar in casa per quella sera.

«Cheh! cheh! doveva uscire per distrarsi! Un po' d'aria le avrebbe fatto bene! Non è vero, Lao? E poi, dovea portarsela in braccio lei, la Rosalia?»

In que' giorni appunto ricorreva a Verona la fiera di Santa Lucia; la gran festa dei bambini.

Santa Lucia, raccontavano le mamme, passava ogni anno, nella notte dal dodici al tredici dicembre, coll'asinello carico di doni, di giocattoli, di bei vestiti, di dolci, di aranci, di mandorlato; e tutto ciò per regalarlo in premio ai ragazzini ch'erano stati buoni e che avrebbero messo un bel piatto pieno d'avena vicino alla finestra del salotto, per rinfrescare l'asinello della santa.

E siccome Santa Lucia, a quanto pare, scende dalle celesti sfere per far le sue provviste in città, così a Verona, in quel tempo dell'anno, c'è fiera per tre giorni; e la sera illuminazione e folla, e baccano in Via Nuova e in Piazza Brà, e gran lusso nelle mostre dei negozi; e per tutto baracconi, trabacche e casotti pieni di roba.

La contessa Orsolina, cascasse il mondo, non sarebbe certo rimasta in casa in una di quelle tre sere. Figurarsi! La Rosalia se la godeva tanto! E pensava, invece, che se l'Agnese avesse avuto un solo briciolino di sentimento, non dovea neppur fiatare, in una simile ricorrenza.

E si rodeva vedendola «per tutta la sera andare in su e in giù come un allocco, tenendo la Rosalia in braccio con un mal garbo che faceva dispetto!» Sempre con una faccia imbroncita, senza mai dire una parola, senza nemmeno voltarsi a guardar l'Arena, illuminata dal bengala, ch'era proprio un «effetto magico!»

In Piazza Brà ci fu un momento in cui una brigata di giovinastri avvinazzati passando vicino all'Agnese e vedendola camminare così trasognata, per burlarsi di lei, le intronarono la testa improvvisamente, con uno squillo rauco di certa lor tromba stonata.

«Figurarsi!» esclamava dopo, al Caffè, la signora, nel riferire la scena. Figurarsi! quella mummia s'era messa a piangere, mentre la mia Ciocina batteva le sue manine gridando dall'allegrezza: «Evviva sonatori!»

Poi mentre la Contessa si disponeva ad andare a letto (al tocco dopo la mezzanotte, chè il baccano era durato tardi), nel licenziare la bambinaia, rinnovò, in forma di epilogo, una succosa paternale.

«Badate che sono stata indulgente fino ad ora, ma che sarò d'or innanzi assai più severa. La vostra disgrazia deve farvi mettere il capo a partito, e non dovete fingervi oppressa dal dolore per abusare della mia bontà e mancare al vostro dovere!» Il conte Venceslao era già in letto, e a questo punto cacciò la testa sotto le lenzuola, fingendo di dormire.

«Da domani, vita nuova!» continuò la matrona che in camicia, così disciolta com'era, pareva ancor più corpulenta. «Vita nuova, se no: guardatemi!»

La bimba avea in una mano il lume e lo scaldaletto; sul braccio le vesti della Contessa. Nell'altra mano due paia di scarpe, e sull'altro braccio tutti gli abiti del conte Venceslao.

«Guardatemi!» ripetè più forte la Contessa.

Agnese spinse fuori il visino pallido fra quel mucchio di roba. «Di voi...» e qui la padrona, rifece, gravemente e lentamente, l'atto famoso di Pilato: «di voi, me ne lavo le mani!»

«A me Santa Lucia porterà l'abitino bello, a te niente!... A me, le chicche bone... a te niente!... a me... pru... pru... a te niente!» canticchiava Rosalia, la vigilia della festa, per mortificare l'Agnese.

Ma alla povera bambinaia non facevano gola nè l'abitino, nè le chicche, nè il cavallino di legno. Essa pure aspettava con ansia, quasi con angoscia, il regaluccio di Santa Lucia; ma era ben altro: erano i denari del viaggio per andar a trovare la mamma ammalata.

E aveva tanto pregato per ottenere i quattrinelli occorrenti, ed era tanta la fede della ragazzina buona, ch'ella si teneva proprio sicura, in cuor suo, di essere esaudita. «Anche la Rosalia non aveva sempre ottenuto dalla Santa tutto ciò che le avea domandato? La contessa Orsolina non assicurava la figliuola che l'abito di velluto cremisi, e il prupru lo avrebbe avuto di certo?... E dunque? Perchè avrebbe dovuto negare proprio a lei, que' po' di soldi?... Sì, sì; era certa di rivedere la mamma!»

«Guarda un po', se non ho ragione di dire che nel cuore ci ha tanto di pelo quella croata?!...» diceva al conte Venceslao la contessa Orsolina. «Non l'ho mai veduta così gaia come adesso che sua madre sta per crepare!»

Ma ottenere il miracolo di veder la mamma, per l'Agnese voleva anche dire vederla guarita. E ogni momento tirava fuori di sotto al lettuccio la scatola di mostarda senza coperchio, dove c'erano riposti i confetti che le avevano regalato in principio, e tutto ciò ch'essa aveva potuto raccattare giorno per giorno, spazzando le camere, e che pensava di portare a Menico «quando fosse ritornata al paese». Erano le scatolette vuote dei cerini, i rocchetti del cotone, le capocchie di vetro degli spilli rotti, i vasettini delle pomate, senza il turacciolo, e in fine un mazzo di carte vecchie, al quale non mancavano altro che il tre di denari e il fante di spade. Per la bimba pareva tutto ciò un tesoretto, e un tesoretto, certo, doveva sembrare anche a Menico. Ma la Rosalia aveva spiata la bambinaia quando stava disponendo le sue robuccie; aspettò appunto che andasse per abbigliare la mamma, entrò nella soffitta, si spinse sotto la cuccia, tirò fuori la scatola, e portò via ogni cosa.

Appena Agnese ritornò, e non trovò più le sue ricchezze, e le vide poi fra le mani di Rosalia che ne faceva sterminio, sentì un gran dolore, e lì per lì, si sciolse in lacrime, mentre la contessina rideva e beffava la Tata «brutta, bruttaccia!» Ma presto si fe' cuore, offrì alla Santa quel nuovo patimento, e si sentì più sicura di ottenere la grazia invocata.

Quella notte che Santa Lucia doveva passar da Verona, Agnese pregò per ore ed ore inginocchiata a piè del lettuccio, sul pavimento diaccio, tremando di freddo nella lacera camicina. Ma era riscaldata dal fervore stesso della sua fede. Anche la bambinaia avea ottenuto di mettere il suo piattino d'avena per il buon asinello vicino al vassoio ricolmo di Rosalia, e pregò, pregò, pregò tanto che finì per assopirsi così inginocchiata, col capo appoggiato sul saccone. Allora sognò la mamma bella che le veniva incontro alla fermata della diligenza; sognò il prato dietro la casuccia, sparso di margherite e di papaveri rossi sfolgoranti, e sognò di correre con Menico all'aria aperta accompagnata dai latrati festevoli di Parigi, che echeggiavano nella valletta tutta verde.

Fu destata assai prima di giorno dalle grida di allegrezza della piccola Rosalia. Si vestì lesta, lesta, col cuore che le palpitava; ma non osò correre in salotto, non osò muoversi, aspettando di essere chiamata... Ma perchè tardavano tanto?... Che non vi fosse nulla per lei?... E affrettatamente, ma con un fervore intenso, supremo, recitò un'altra avemmaria.

«Tata, Tata!» strillò infine la padroncina.

La chiamavano! Dunque la Santa l'aveva esaudita!...

Corse, entrò nel salotto rossa, confusa, e al lume della candela che teneva in una mano la Contessa, ancora in sottanino e con in braccio la Rosalia, vide subito sul tavolo grande, dove avevano disteso una tovaglia bianca, il vestitino di velluto cremisi, il cavallo di legno, e poi bambole, giocattoli, aranci, dolci, mandorlato... Era la Santa Lucia che arrivava da Venezia, dalla parente dei cinque dogi.

Agnese, con un moto irresistibile allungò il collo verso un cantuccio, in fondo della stanza, dove avevano messo il suo piattino...

«Tata, Tata!» fece la Rosalia.

«Andiamo a vedere che cosa la Santa avrà portato per voi» disse la Contessa, colla voce ancor roca, per aver dormito, ma sempre piena di una gravità solenne.

Si avvicinarono col lume dov'era il piatto dell'Agnese, e questa ci vide sopra un oggetto che di primo acchito non distinse bene, poi... poi lo raffigurò: era uno scudiscio, di legna verde.

«Ah! si vede che Santa Lucia vi conosce!» esclamò la contessa Orsolina, «e vi premia secondo i vostri meriti.»

Agnese rimase muta, poi scoppiò in un pianto dirotto.

«Brutta bruttaccia! brutta bruttaccia!» continuava intanto a ciangottare la Rosalia, colla bocca piena di mandorlato.

V.

Il giorno dopo, di buon mattino, la contessa Orsolina si era precipitata ansante nella bottega della fruttaiola.

«Trovatemi una donna qualunque, magari in prestito, che venga almeno per le faccende più grosse. Ho la mia bambinaia in letto, colla febbre. Anche questa mi doveva accadere!... E proprio oggi, figuratevi! che avevo un pranzo di dodici persone!»

«Si troverà in un bell'impiccio, beata Vergine!»

«Per gl'invitati, pazienza! Ho mandato a dire che invece pranzeranno con noi la vigilia di Natale.»

«Mangeranno di magro!» pensò fra sè la fruttaiola; poi domandò notizie sulla malattia dell'Agnese.

«Mah! Vattel'a pesca! Il medico pretende che abbia la febbre..., sarà! Tosse come un'indemoniata, questo è sicuro. Non mi ha lasciato dormire in tutta la notte! A dirla a voi, credo che ieri abbia preso un'indigestione coi dolci della mia Ciocina e, a buon conto, le ho dato un'oncia di olio di ricino.»

Del resto, ci voleva ben altro che badare alle fanfaluche del medico. Il medico voleva curare le villane come usava colle signorine; tanto per mandarla in lungo colle visite. Ma lei non voleva saperne di tante smorfie; a lei occorreva che l'Agnese si rimettesse subito in gambe!

Invece la poveretta continuava a peggiorare.

Il terzo giorno la Contessa non aveva trovato altro che una donna in prestito, per un paio d'ore alla mattina, ed era sempre in grandi angustie colla veste da camera sbrindellata; coi capelli rossi arruffati, a ciocche, fuori del fazzoletto di foulard; e le stanze e i mobili non parevano più quelli, tanto, mancando Agnese, tutto era in disordine, sudicio, polveroso.

«Non ho mai voluto che una mia persona di servizio fosse portata all'ospedale» raccontava poi la Signora, spassionandosi colla fruttaiola: «ma in questo caso il medico dice trattarsi di mal di petto, ed io non voglio assumermi alcuna responsabilità verso la famiglia della ragazza. Se accade una disgrazia non voglio si dica che è stata curata male!»

Ma il Municipio faceva difficoltà per accogliere l'Agnese all'ospedale, non essendo essa di Verona, e la Signora, intanto, smaniava gridando col conte Venceslao, perchè non era buono di muoversi, di farsi sentire e permetteva che la sua casa diventasse «l'infermeria dei villani!» La contessa Orsolina aveva pescato alla fine un'altra bambinaia, e aveva bisogno della soffitta di Agnese.

Tutti que' giorni la povera ammalata li passò sola sola, nella misera cuccia. Spesso la febbre le cagionava un sonno intenso, morboso, e allora, ne' deliri angosciosi, vedeva la mamma in un letto tutto bianco, che moriva, e Menico le piangeva accanto.

La contessa Orsolina non passava dalla sua stanza altro che per brontolare, e la Rosalia non dovea entrarci perchè aveano paura che pigliasse il male. Soltanto una volta, verso sera, mentre la Contessa era andata fuori, appunto per prendere le informazioni della nuova bambinaia, il conte Venceslao le capitò in camera, pauroso, titubante, e le nascose, in fretta, sotto le coperte, un arancio ch'egli avea preso a Rosalia. Ma raccomandò bene, quasi pregando la piccola ammalata, che lo ringraziava commossa, di non farsi vedere quando lo mangiava.

E la Contessa, frattanto, andava in solluchero colla nuova bambinaia; sbuffava sempre più perchè ancora si dovea tener in casa quell'altra, e nell'ira, dimenticando tutta la sua aristocrazia, scagliava contro il Municipio di Verona tutti gli epiteti e gl'improperi che, quando faceva l'affittacamere, aveva scagliato, per altre ragioni, contro il Municipio di Vicenza. Ma, finalmente, le fu mandato anche il certificato d'ammissione all'ospedale, e vennero presto anche du' omini colla barella a prendere l'Agnese. Nel distendere sul lettuccio il misero corpicciuolo della ragazzina, que' due burloni, grossi e tondi, si misero a sorridere: «C'era pericolo che si perdesse nella barella, tanto era piccina!»

Agnese, colla voce debole debole, ringraziò ancora il signor Conte, mandò un bacio a Rosalia, e domandò perdono di «tutto» alla signora Contessa. Ma a questo punto le viscere della Portomanero si commossero in modo straordinario e finì col fare i lucciconi. Baciò e ribaciò l'Agnese, le promise che sarebbe andata a trovarla; l'assicurò che, appena guarita, l'avrebbe subito ripresa, e a edificazione degli infermieri che la confortavano vedendola afflitta in quel modo, le colmò il lettino di aranci e di dolci, e volle ancora che bevesse due dita di fernet.

Poi, otto giorni dopo, appena finita una scena assai burrascosa colla nuova bambinaia che le aveva dato una rispostaccia, la Signora andò per trovare l'Agnese all'ospedale; ma quando ne disse il nome all'infermiera, le risposero che la poveretta era spirata nella notte.

Quella sera, al Caffè d'Europa, il Provveditore e tutti gli altri professori che facevano circolo intorno alla contessa Orsolina Portomanero avevano un bel fare per confortarla. La Contessa non poteva trattenere le lacrime, e dal petto poderoso traeva sospiri che parevano venir fuor da un mantice.

«Mah! era così docile e buona quella povera Agnese! Era proprio un angelo! E a me, poi, voleva un bene, un bene all'anima! Non è vero, Lao?»

E le memorie delle virtù e dei meriti della povera Agnese servirono d'esempio e di tormento insieme, per tutte le altre bambinaie che capitarono a servire in casa Portomanero. La Contessa ricordava sempre la piccola morta per destare la loro emulazione, per mortificarle, per strapazzarle; e ogni poco ne lodava, sospirando, «l'ordine, la pulizia, il cuore,» e finiva sempre per volere, in proposito, la testimonianza inappellabile del marito: «Non è vero, Lao?!»

Il conte Venceslao chinava allora il capo confermando; ma a quelle parole che evocavano dinanzi al suo pensiero il profilo tisico della povera servetta, era preso da un brivido di freddo, e si sentiva nell'anima un senso ineffabile di pietà.

FINE.